KB206533

오늘, 행복하기

홍시야의 즐거운 하루 사용법

북노마드

오늘, 행복하기

- 홍시야의 즐거운 하루 사용법

© 홍시야 2013

초판 1쇄 인쇄 2013년 4월 15일
초판 1쇄 발행 2013년 4월 20일

글, 그림 홍시야

펴낸이, 편집인 윤동희

책임편집 김민채
편집 홍성범 권혁빈
모니터링 이희연
디자인 제너럴그래픽스 정승현
마케팅 한민아 정진아
온라인 마케팅 김희숙 김상만 이원주 한수진
제작 서동관 김애진 임현식
제작처 영신사

펴낸곳 (주)북노마드
출판등록 2011년 12월 28일 제406-2011-000152호

주소 413-756 경기도 파주시 문발동 파주출판도시 513-7
문의 031-955-8886(마케팅)
  031-955-2675(편집)
  031-955-8855(팩스)
전자우편 booknomadbooks@gmail.com
트위터 @booknomadbooks
페이스북 www.facebook.com/booknomad

ISBN 978-89-97835-18-8 03810

이 책의 국립중앙도서관 출판시도서목록(CIP)은 e-CIP 홈페이지(www.nl.go.kr/
cip.php)에서 이용하실 수 있습니다.(CIP 제어번호:CIP2013002041)

어떻게 하면 그림을 잘 그릴 수 있나요? 화가나 일러스트레이터가 아닌데 그림을 그려도 되나요?(사실 그리고 싶거든요) 언제부턴가 사람들은 저에게 이렇게 물어옵니다. 숨을 쉬듯, 밥을 먹듯 그림을 그려온 저로선 난감한 질문이었습니다. 저에게 그림이란 그리기 위해 존재하는 게 아닌, 자연스럽게 그려지는 것이었으니까요.

그러던 어느 날, 그림을 그리고 싶다는 그들의 이야기에 슬픔의 물기가 묻어 있다는 걸 알았습니다. 오후의 질문이 늦은 새벽의 저에게 문득문득 찾아왔습니다. 사람들이 그림을 그리고 싶다는 것은 실은 무언가를 향한 간절함의 발로라는 걸 조금씩 알게 되었으니까요. 어떤 이에겐 기쁨이요, 어떤 이에겐 슬픔이요, 어떤 이에겐 절망이라는 걸 알았습니다. 그래서 조금씩 조금씩, 그림을 그려가며 고민했습니다.

맞아요. 그림은 누구나 그릴 수 있습니다. 그림을 그리기 위해서는 발상과 솜씨가 필요합

니다. 둘 중 어느 하나 소홀히 해서는 안 되겠죠. 저에게 그림을 그리게 만드는 발상은 곧 '즐거운 생활'입니다. 그 발상은 우선 나를 아는 것에서부터 시작되어야 하고, 그림을 이루어내는 솜씨(드로잉)는 발상을 바탕으로 자신만의 방식으로 익숙해지는 걸 의미합니다. 발상과 솜씨를 기초로, 가급적 익히고 또 익혀 내 것을 만드는 과정. 저에게 그림이란 그런 것입니다.

책 한 권을 내어놓습니다. 일상의 소소한 이야기들로부터 창조적인 발상을 연습하고 자신만의 솜씨로 세상에 단 하나뿐인 그림을 그리는 이들이 많아지기를 바라는 저의 소박한 소망입니다. 무엇을 할 때 즐겁고 행복한지, 지금 무슨 이야기를 하고 싶은지, 자신에게 주어진 인생에서 어떤 그림을 그리며 살고 싶은지를 고민하는 이들이 꼭 읽고 함께 그렸으면 좋겠습니다. 누구나 자신만의 삶의 속도가 있다고 생각합니다. 그 인생의 속도에 맞춰 드로잉을 해나가면 됩니다.

나만의 스타일을 찾고 싶다고요? 우선 스스로를 관찰하고 이해하려 노력하세요. 나를 살피고, 나만이 갖는 이야기를 누군가와 나누는 것. 거기에서 바로 즐거운 생활이 싹트고, 이내 그림이라는 형태의 시각언어의 열매가 맺힐 것입니다. 자, 이제 곳곳에 하얀 도화지를 펼쳐놓으세요. 지금까지 익숙했던 것을 조금 낯선 시각으로 다시 살펴보세요. 앞으로 펼쳐질, 인생이라는 큰 지도 위에 나만의 특별한 길을 그려보는 것. 그 길에 세상이 원하는 것이 아닌 내가 원하는 방향을 부여하고, 나만의 스타일을 다시 인식하고 만들어가는 것. 저에게 그림이란 그런 겁니다. 삶 속에 빈 공간을 만드는 것, 그 비어 있는 곳을 살짝 채워가는 시간입니다.

자, 이제 시작하려 합니다. 하루에 한 번씩 저와 함께 드로잉을 하면 됩니다. 하루, 한 번의 드로잉이 당신의 생활을 한 눈금씩 즐겁게 만들어줄 거예요. 그 즐겁고 행복한 생활의 생각과 방법을 공유하고자 합니다. 단, 이 생활놀이는 지극히 개인적인 발상이라는 것을 잊어서는 안 됩니다. 어쩌면 시시할지도 몰라요. 그래도 너무 실망하지 마시고 적당히 넘어가기를 바라봅니다. 그 즐거운 놀이 속에서 또다른 하루를, 일상을, 그리고 나를 발견해보았으면 좋겠습니다.

Contents

즐거운
생활
발상

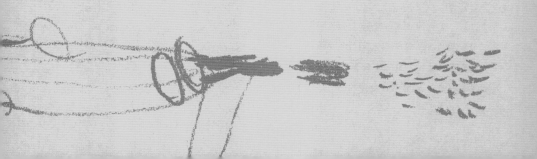

즐거운
생활
드로잉

1-4❶

2

즐거운
생활
발상

1 - 15

일상의 감각을 통째로 환기시키는 데
'이사'만큼 좋은 건 없다. 누구에게나 그렇듯
내게도 집이라는 공간은 참 중요하다. 다른
것들에 대해서는 꽤 무심하거나 덜 예민한
편인데, 생활이 이루어지는 집(작업 공간)
만큼은 나에게 꼭 맞는 공기를 찾는 데 심혈을
기울이는 편이다. 이십대 중반, 무모하고도
용감하게 독립선언을 하고 5년 동안 혼자만의
독립생활을 했다. 동네는 홍대 앞. 여러 분야의
작업자들을 만나 술을 마시고, 차를 마시며
예술에 대하여 함께 고민했다. 불안정하고
삐뚤삐뚤한 이십대 고뇌의 길 위에서 작가로서,
작업에 대하여, 나아가 '나'라는 사람의
정체성에 대해 관찰하고 고민했던 소중한
시간이었다. 그리고 5년이 지난 한여름 어느 날,
한 지붕 아래 식구들을 불러 모아 새 생활을
시작했다. 그 시절, 내 마음을 몹시도

끌어당겼던, '이제 그만 가족의 품으로
돌아가는 게 어때?'라고 부추겼던 동네가
지금의 작업실이 있는 부암동이다. 부암동은
인왕산/북악산 기슭 아래 자리한 작은 마을로
겨울이면 굉장히 춥고, 당시만 해도 사람들의
관심도 발걸음도 뜸했던 고즈넉하고
평화로운 마을이었다. 산이 있고, 나무가
많아 초록으로 가득했던 동네에 그만……
마음을 빼앗기고 만 것이다. 그렇게 내가 가장
좋아하는 동네를 서울 안에서 찾아냈다. 산책을
위해 매일매일 광화문에서 부암동까지 언덕을
오르며 자연으로부터 얻은 영감과 감동의
느낌을 캔버스에, 드로잉북 위에 그림으로
풀어냈다. 그리고 부암동에서의 5년 남짓한
시간이 흐른 또 어떤 날. 서울을 떠나기로
마음먹었다. 제주도는 어떨까? 울릉도는
어떨까? 고민하던 차 아름다운 호수공원이

있다는 이유만으로 일산 시민들이 부럽기만 했더랬다. 사실, 나는 오래전부터 이른 아침 공원을 달리는 아침 조깅에 대한 로망을 갖고 있었다(물론 마음은 굴뚝 같았지만 아침잠이 많은 나는 지금도 로망만 갖고 있다. 오는 봄부터는 꼭 실천해보리라 다짐한다). 조금 충동적이었지만, 일산으로의 이사를 또 한번 감행했다. 지금 나는 33년 서울 생활을 '곱게' 마치고, 경기도민이 되어 일산 호수공원을 마치 내 앞마당인 양 산보하고, 나지막한 동산쯤 되는 정발산을 오르락내리락 한다. 아람누리 도서관을 마치 내 개인 서재라도 되는 양 쏘다니며, 새로운 곳에서 나를 기다리고 있던 나무들과 인사를 나누고 있다. 서울에서 자유로를 타고 조금만 옮겨갔을 뿐인데, 일상생활의 주변 환경이 통째로, 몽땅 변해버린 것이다. 버스 노선, 산책하며 마주하는 가게들, 새롭게 만난 동네사람들의 표정, 길가의 가로수까지……. 모든 풍경들이 새로운 곳으로의 여행처럼 새롭기만 하다. 익숙했던, 그래서 조금은 지루했던 삶의 거의 모든 것이 '이사'로 인해 한꺼번에, 싹 바뀐 것이다.

물론 이사라는 것은 고되고 번거로운 일임이 분명하다. 하지만 그만큼의 기쁨을 맛보게 되니 그 정도 노력쯤이야 앞으로도 얼마든지 할 수 있으리라. 나는 현재 일산이라는 새 도시에서 즐거운 생활을 하고 있다. 물론 언젠가 새로운 공기를 찾아 떠나겠지? 그곳에서는 어떤 그림을 그리게 될까? 어떤 생각을 하고 있을까? 어떤 냄새를 만날 수 있을까? 이사라는 것이 고단하지만 참 즐거운 행위임을 나는 안다. 새 공간에서의 다른 생활이 가져다주는 설렘이 벌써부터 기다려진다. 전부 통째로 리셋! 그리고 다시 시작!

달리는 버스를 잡아타고 아이팟에 담긴 음악을 크게 켜라. 1,050원으로 상상 버스 여행을 해보자. 흘러가는 풍경을 타고, 생각도 함께 빠르게 흘러가는 것을 느낄 수 있을 것이다. 402번 이름표를 달고 다니는 버스는 내가 좋아하는 길 위를 달린다. 광화문 세종문화회관 앞에서 탑승하면, 버스는 서울역 앞을 돌아 남대문을 살짝 스쳐 구불구불 남산 길로 오른다. 창문 옆에 바짝 달라붙어 빼꼼히 산 아래로 내다보이는 도시를 바라본다. 그날 기분에 맞는 음악을 아이팟에 크게 틀어놓고 말이다.

봄, 여름에는 새파랗게 푸르른 초록으로 가을이면 알록달록 곱게 물든 나뭇잎 사이로 창문이라는 사각 틀 너머로 흘러가는 풍경과 함께 달린다. 책을 보고 싶다면 남산도서관에서 하차. 공원에 앉아 사색을 원한다면 남산공원에서 하차. 좀더 낯선 곳에서 좀더 긴 여행을 하고 싶다면, 한강 다리를 건너 신사역에서 하차하여 맘에 드는 카페에 들어가서 차 한 잔을 마시고 다시 도돌이표 버스를 타고 되돌아오는 거다. 일단 버스에 몸을 싣고 마음이 이끄는 대로 마음에 꼭 맞는 버스 여행을 해보면 좋겠다. 좋아하는 공간, 길, 가로수가 즐비한 노선을 점하는 건 필수.

3

길거리에서 즉흥 공연하기

길거리에서 즉흥 공연을 만들어보자.
기타를 메고, 리코더를 들고 소풍을 떠나
유랑단 체험기를 만들어보자. 우쿨렐레라는
악기는 작고 가벼워, 마음만 먹으면 어디든
가져갈 수 있다. 친구들과 피크닉을 할 때도
제주도로 조금 긴 휴가를 떠날 때도
나는 우쿨렐레를, 어떤 날은 멜로디언을
챙겨 다닌다. 심지어 회사 워크숍 때도
가방에 챙겨 떠났다.

어디서든 노래하고 싶을까봐. 언제든지
동행한 친구에게 노래 선물을 주고 싶을까봐.
지난여름, 제주도의 세찬 바람을 맞으며
용머리 오름에서 우쿨렐레를 연주하며
부르던 노래.
어디에서든 노래하며 살고 싶다.
잘한다고 칭찬을 받지 못하더라도 말이다.

+ 음악적 재능이 부족하다면 똘끼 있는
친구들을 사귀는 것도 좋은 방법.

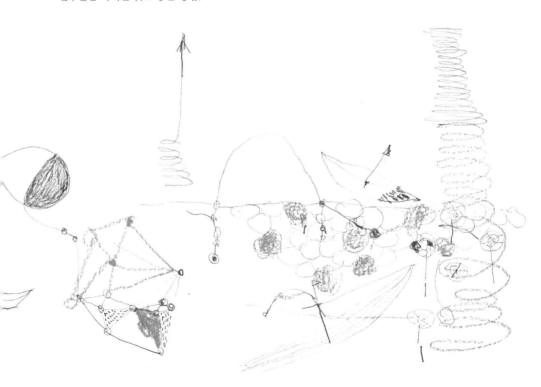

4

소홀했던 친구의 이야기에 귀 기울이기

오늘만큼은 친구 이야기에
귀 기울여보자.

또하나의 멋진 행성을 접할 수 있는
가장 좋고 쉬운 방법.

친구의 이야기에 귀 기울이는 것.

그러니
오늘밤은 절대 침묵!

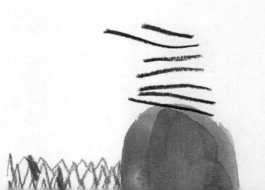

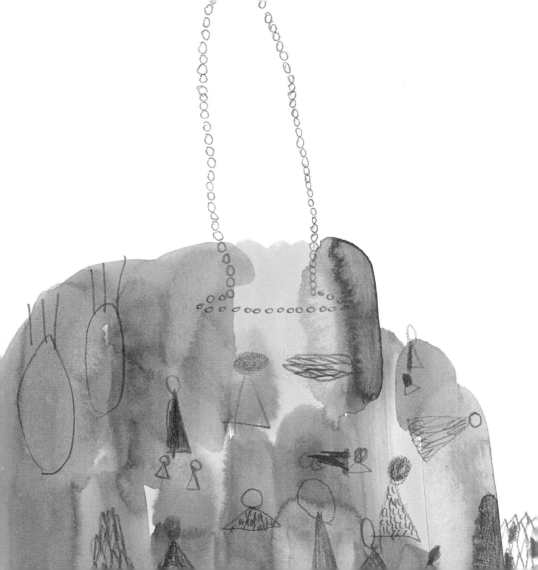

5

계절마다 등산하기

얼마나 많은 초록색이 존재하는지 계절마다
산에 오르고 두리번두리번 주위를 살펴라.
아무리 12색, 36색, 72색으로 화방에서 물감을
사들여봤자 소용없다. 자연이 가르쳐주는
색으로 가슴 깊은 곳에서부터 느끼는 것만큼
색에 대한 감각을 익히게 도와주는 훌륭한
길잡이는 없다고 생각한다.

언제부터인지 기억은 나지 않지만,
나는 자연만 보면 환장하게 좋아하는 아이였다.
걷고 걷고 또 걸으며 숲으로 들어가기
시작했다. 자연이야말로 늘 놀랍고도 신비한
것들을 내게 폭폭 안겨주니까. 나무들
사이에서는 오늘은 무슨 일이 일어날까, 라는
설렘과 호기심이 배어났다. 그곳에 들어가
가만히 앉아 있으면 나 역시 덩달아 행복한
기분에 빠져 미칠 듯이 기뻐! 기뻐! 하며

좋아했다. 그래서 틈만 나면 서울의 숲을,
기회가 되면 다른 나라,
다른 도시의 숲을 찾아다녔다.

핀란드 숲에서 만났던 멋진 청년 라미는 내게 줄
홍차를 만들기 위해 자신이 입고 있던 티셔츠를
태워 불을 피웠다. 라미는 내게 차 한 잔을
건넸고, 우리는 오후의 호수 앞에서 티타임을
갖는 행복한 추억을 만들 수 있었다. 그곳에서
느꼈던 나무, 공기, 에너지, 이야기……
친구들을 만나 즐겁게 떠들고 놀았던 추억도
소중하지만, 숲과 뛰어놀았던 기억은 한순간도
잊을 수 없는 보물 같은 시간이었다.

2012년 가을. 샌프란시스코에서 보름 정도
머물렀었다. 소살리토라는 작고 예쁜 마을의
숲 '뮤어우즈'를 찾아가기 위해 금문교를 건너

페리를 타고 마을에 들어갔다. 숲까지 버스가 운행하지 않았던 시기였고, 도보 여행자들은 숲에 가지 못한다는 마을 사람의 말에 택시를 잡아타는 극성을 떨었다. 이유는 단 하나. 가장 성장이 빠른 생명체, 높이 100미터가 훨씬 넘는 거목들의 울창한 레드우드 숲을 보기 위해서였다. 가드레일도 없는 아찔한 낭떠러지 도로로 산 하나를 넘는 듯 한참을 달려 도착한 숲. 돌아가기 위해서라도 당연히 차가 필요했는데 운좋게도 맘씨 좋은 택시 운전사 아저씨께서 맘껏 즐기고 오라며 나를 기다려주신다고 했다. 몇 시간이 훌쩍 흘렀고 설마 하는 마음으로 출구를 빠져나왔다. 주위를 두리번거리자, 택시 아저씨는 저 먼발치에서 활짝 웃으며 손을 흔들어주었다. 그 모습이 아직도 눈앞에 선하다. 그날, 어마어마했던 왕복 택시비는 지금까지 여행

중에서도 가장 심한 사치였던 걸로 기억한다. 그래도 나는 숲이 좋다. 숲에 가야만 한다. 숲은 살아 있음을, 누군가와 함께 살아가고 있음을 느끼게 해주니까. 창조적 영감을 주는 숲이 어딘가에 있다는 것만으로도 반갑고 고마우니까. 수백 년이라는 세월을 살아온, 앞으로도 그 세월을 살아갈 나무들과 인사를 나눈다. 숲은 그렇게 나에게 큰 에너지를 준다. 어렵게 찾아가 내가 만났던 그날의 숲은 하늘이 주신 정말 어마어마하게 멋진 선물이었다. 그 숲에 가기 위해 머나먼 땅 샌프란시스코까지 갔으니 말이다.

- 지금까지 잘 해왔다고.
- 여기 잘 왔다고.
- 앞으로도 괜찮을 거라고.

숲은 늘 세상을 다시 살아갈 힘을 안겨준다.

6

매일매일을 기록하기

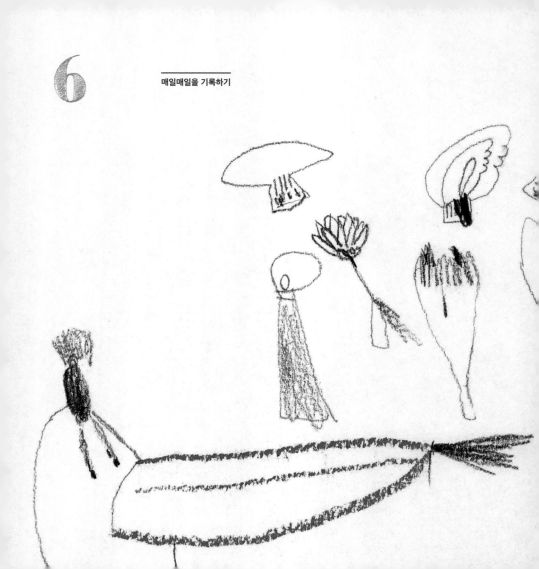

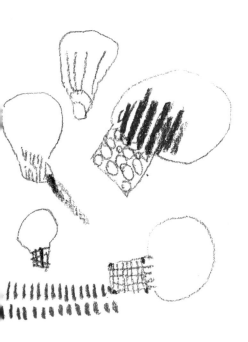

항상 기록하라. 다시 쳐다볼 일도,
절대 찾아볼 일이 없더라도 기록하라.

내 기억창고는 오래전부터 고장났다.
어려서부터 숫자도, 이름도 기억을 잘 해내지
못했다. 부끄럽지만, 가족의 전화번호조차
제대로 외우지 못한다. 주의력 부족인가,
늘 자책하며 여러 번 노력해보았지만 다시
잊고 마는 게 나였다. 당연히 어린 시절부터
암기 과목에 매우 취약했다. 연도, 이름 등을
외워야 했으니까. 외워야 좋은 점수를 받을 수
있었으니까. 너무나도 곤혹스럽고 나를 작게
만들었던 시간들. 그런 나를 파악하고부터는
언제나 노트를 갖고 다니며 적기 시작했다.
간혹 적어놓은 걸 다시 찾느라 애를 먹지만
기억력이 부족했기에 생긴 좋은 습관이라는
생각이 든다.

**자기계발서 대신 본능에 따라
하루 보내기**

자기계발서 따위 던져버리고,
내 코끝을 믿고 그 냄새를 쫓아라.
유독 공간에 예민하기 때문일까.
내가 좋아할 수 있는 공간들을 우연처럼,
인연처럼 기막히게 잘 찾아내는 편이다.
코끝을 믿고 킁킁거리며 또다른
여행과 모험을 즐기고 있다.
앞으로도 즐거운 마음으로 보물찾기에
나설 것이다. 내 취향은 내가 제일 잘 아니까.
자, 오늘도 코끝을 믿고 출발!

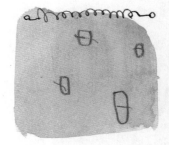

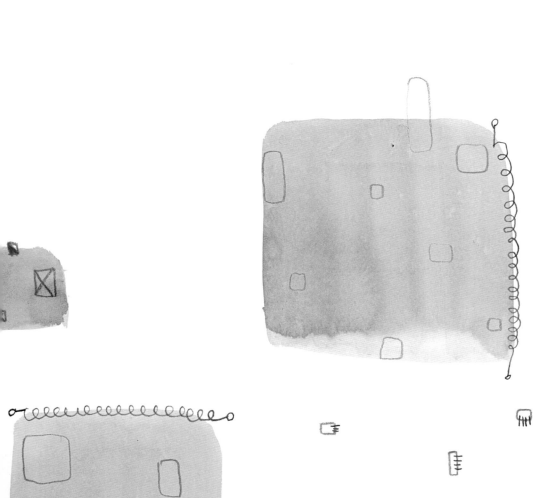

오늘의 기분을 옷차림으로 말하라.
누군가에게 말하지 않아도
나만 아는 은밀한 방법으로
이야기할 수 있는 도구를
하나 더 만들어보라.

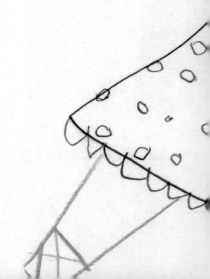

어느 외딴 마을의 낯선 지도를 살펴라.
그리고 그 길을 걷는 상상을 하라.
기차를 타지 않아도, 비행기를 타지 않아도
우리는 얼마든지 여행할 수 있다.
옆 동네 골목길을 기웃거리는 것만으로도
즐거운 여행이 될 수 있다.

지도를 물끄러미 바라보는 걸 좋아한다.
지도를 바라보는 것만으로도 이미 여행자가
된 듯하다. 여행이란 새로운 곳을 향한 설렘과
기대를 안고 모험을 시작하는 것이다. 여행이
매력적인 이유다. 하지만 오늘날 여행은 결코
낭만적이지만은 않은 것도 사실이다. 생업에
쫓기다보면 시간을 내는 것도 만만치 않다.
비행기값이며 숙박비며…… 어느 정도의 돈도
마음의 여유와 함께 갖춰야 한다. 새로운 곳에
적응하기 위한 노력과 긴장감은 귀찮고 불편한
일들을 발생시킨다.

그래서 여행 가방을 꾸려 당장 떠날 수 없는
이들에게 좋은 방법을 소개하려고 한다.
우선 마음에 맞는 도시의 지도를 구한다.
그 지도를 구석구석 살피며 여행자의 마음으로,
마치 지도 위 길을 걷는 기분으로.
지금쯤 그 거리에서는 어떤 일이 벌어지고
있을까? 지금쯤 그 거리에서는 누군가가
걷고 있을까? 라고 마치 내가 그 길 위를 걷고
있는 듯 상상하다보면 하루에도 몇 번씩
파리의 거리를, 뉴욕의 거리를 활보할 수 있다.
가장 익숙한 내 방 침대에 배를 깔고
누워서도 말이다.

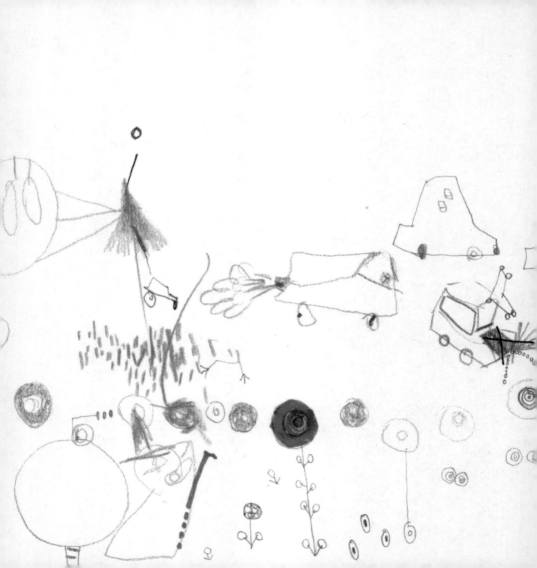

여행지에서 가이드북을 버리고
내키는 대로 걷기

여행지에서 길과 길이 만나는 곳에서
이곳이 어디인지 생각 말고 무작정 걸어라.
새로운 여행지에 가면 누구나 긴장하게 된다.
귀찮기도 하고, 환경, 교통 등 모든 것들에
적응해야 하니 말이다. 여행할 때 가장 싫었던
것은 지도에서 눈을 떼지 못한 채 두꺼운
가이드북을 넣은 가방을 메고 길을 나서야
된다는 것이었다. 본래 흘흘거리며 걷는 걸
좋아하는 나는 생각만으로도 무거운 느낌,
누군가 미리 정해준 취향에 묶이는 기분이 들어
여행 가이드북에 대해 경계심을 갖곤 했다.
몹시도 친절하고 유용한데도 말이다.

언제부터인가 이 모든 것들로부터 벗어나기
위해 지도 한 장을 북~하고 찢어 호주머니에
넣고 무작정 발길 닿는 대로 걷기 시작했다.
예상하지 못했던 장소에 가 있기도 하고,
생각하지 못했던 뜻밖의 장소에서
의외의 사람들을 만나는 등 여행이 더욱
흥미진진해졌다. 그래서 파리라는 도시에
네다섯 번 정도를 왔다갔다했지만, 루브르
박물관도 오르세 미술관도 들어가보지 못했다.
물론 스치지 않은 것도 그 앞을 서성이지
않았던 것도 아니다. 핑계를 대자면,
여행 가이드북을 살피지 않았고, 사람들로
꽉 찬 곳에서 서둘러 작품을 감상하는 것이
매우 싫었고, 다음 여행을 위한 숙제 같은
미련을 남겨두고 싶어서이기도 했다.

해가 지고, 집으로 돌아가고자 하는 마음이
들 때쯤 지도를 살펴 방향을 잡고,
숙소로 임명된 집을 향해 걷기 시작한다.
앞으로도 나만의 여행법으로 여행할 것이다.
아직까지는 세계적으로 유명한 장소보다
골목골목의 풍경이 좋다. 공원에 앉아
현지인의 일상을 엿보는 것이 더 즐겁다.

+ 지친 발을 위해, 길을 잃을 경우를 대비해
주머니에 택시비 정도는 넣어두는 게 안전하다.
혹시 주머니가 두둑하지 않는 날이라면 되도록
촘촘하게 걷자, 라고 의식하며 걷기로 하자.

가까운 도서관 찾아가기

가까운 지역 도서관을 찾아라. 우연한 인연이 생길 수 있는 기회의 장소다. 도서관만큼 설렘을 주는 장소는 없을 것이다. 도서관은 책의 장르와 성격에 따라 구역이 나뉘어 있다. 이번에는 의도적으로 지금까지 관심 갖지 않았던 구역을 어슬렁거리자.

언제부턴가 사람들은 인터넷 서점에서 책을 즐겨 사고 있다. 나 역시 인터넷 서점을 자주 이용하는 편. 오전에 주문한 책을 오후에 받을 수 있기도 하니 이런 훌륭하고 편리한 서비스를 이용할 수 있다는 것만으로도 참 혜택 받았구나, 라고 여기며 때론 송구스런 마음까지 들 정도다.

하지만 나는 오래전부터 도서관에 가는 것을 사랑했다. 전혀 관심 갖지 못했던 책들과의 우연한 만남을 안겨주는 기회이자 공간인 이곳을 자주 들락거렸다. 아무 생각 없이 서가를 기웃거리다가 슬며시 꺼내 읽는 책, 우연 같은 인연으로 나를 이끄는 책, 앞뒤로 살피고 마음에 쏙 들면 설렘을 가득 안고 대출 받아 오는 거다.

인터넷 서점에서 구미를 당기는 책, 구매하기로 일찌감치 찜해둔 책이 아니라면 눈에 들어오지 않았을 책들을 조금씩 재미 삼아 살피기 시작한 것도 도서관 덕분이었다. 이제는 하나의 놀이가 된 듯 재미있는 마음에 일주일에 한두 번씩 도서관을 찾곤 한다.

오늘은 어떤 책과 만날 수 있을까?
도서관에 갈 때마다 내 마음은 소개팅을 앞둔
사람처럼 설레어온다.

+ 만약 어떤 책을 골라야 할지 선택하기
어렵다면 책등이 예쁜 것부터 살필 것.

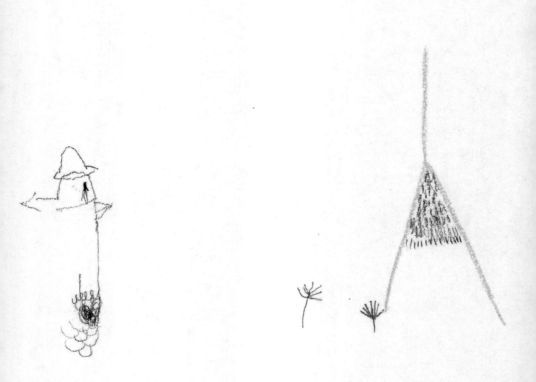

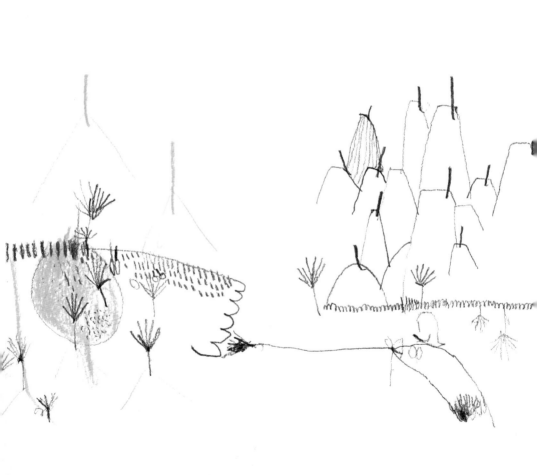

12

'척'하지 말고 자기 기분에 푹 빠지기

있는 그대로의 자신을 받아들여라.

감정을 살피고, 그 길을 따라가는 일에

익숙해져라. 슬퍼 죽겠는데 일부러

기쁜 척 즐거운 척 애쓸 필요는 없으니까.

무언가를 신나게 즐기다가도

문득 터무니없이 두려움은 찾아오기도 하니까.

13

좋아하는 펜과 노트를 사라.
무언가 쓰고 싶고, 그리고 싶어
안달이 날 정도로 매력 있는 도구들을
책상 위에 올려둬라.
주위에 어떤 친구들이 있는지가 중요하듯
자신 주변에 어떤 것들을 나열해두는지도
몹시 중요하다. 어떤 날은 의식적으로나마
그림 그리기 좋은 주변 환경을 만들어볼
필요도 있으리라.

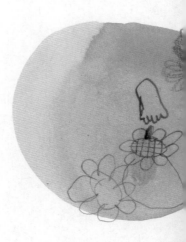

14

가까운 사람에게 감동 선물하기

가끔은 누군가에게 감동을 줄 수 있는
무언가를 찾아라.
길을 걷다 마주친 곱게 핀
예쁜 꽃 한 송이를 사진으로 찍어
그리운 친구에게 문자 메시지로
깜짝 전송을 해보라.
그에게도, 나에게도 달콤하고
기분 좋은 선물이 될 것이다.
이것만큼 겸손하고 우아한 선물이 또 있을까?

15

하늘 위의 구름을 보며 상상하기

하늘을 자주 처다보라.
그리고 구름 위에 올라간다면
제일 먼저 무얼 할까 상상하라.

저 폭신폭신한 구름에 누워
낮술을 마시고 낮잠 자면 참 좋겠다.
저 폭신폭신한 구름에 앉아
사랑하는 누군가의 퇴근길을
바라보고 있으면 참 좋겠다.
저 폭신폭신한 구름 위에서
'나, 여기 있다'고 친구에게
손 흔들면 참 좋겠다.

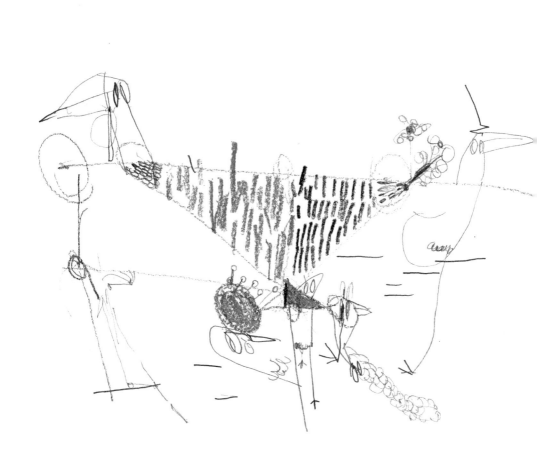

즐거운
생활
발상

16 - 30

점심시간을 '나홀로 데이트' 시간으로 보내기

직장인이라면 점심시간을 나와의 데이트
시간으로 만들어라. 점심을 간단히 샌드위치로
해치우고 회사 근처를 산책하기.
적당한 카페를 찾아 분위기 잡으며 잠시나마
독서하는 것만으로도 지친 하루에 새로운
에너지가 될 것이다. 가끔은 점심을 함께하자는
동료에게 새침 떨며 튕기듯 거절해보는 거다.
가슴이 콩닥콩닥, 외도하는 듯한 새로운
기분이 들 것이다.

지금으로부터 4년 전, 종로 한복판의 회사에
다니던 때의 일이다. 모두 똑같은 책상과 의자에
앉아 온종일 모니터를 들여다보며 일했다.
끝났으면, 끝났으면 하는 프로젝트는 쉽게 끝이
나지 않고, 탁하기만 했던 사무실 공기.
무력해진 나는 점심시간만이라도 나만의
시간으로 만들기로 했다.
내가 그곳에서 살아 숨 쉬기 위해 갑갑하게
억누르던 것들로부터 '외도'의 시간이 필요했던
거다. 점심시간이 땡, 하고 시작되면,
급히 밖으로 나와 걷고, 차를 마시고,
혼자만의 시간을 가졌어야 했던 거다.

날씨 좋은 봄날, 경복궁에 들어가 바람을
만나고, 교보문고에 가서 새로 나온 책들을
두리번두리번 탐닉하고, 스타벅스 3층 자리에
앉아 지나가는 사람들을 물끄러미 쳐다보는
것만으로도 답답했던 숨통이 확 트였던 시간.
가장 기다려지고, 즐거웠던 나만의 시간이었다.

지치기 쉬운 회사 생활. 이따금 나만의 재충전은
반드시 필요하다. 가끔 동료와의 점심 약속,
점심 수다를 단념하더라도 나만의 시간을
만들어보자. 좀더 비밀스러운 곳에서 나만의
특별한 점심시간을 만들어보자.

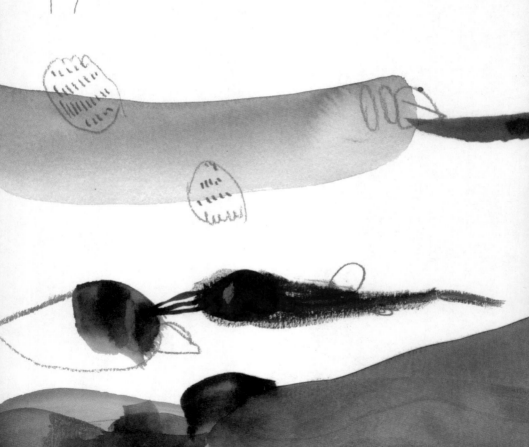

17

교향곡 끝까지 듣기

교향곡을 들어라.
하나의 악기를 정해놓고,
그 선율을 조곤조곤 따라가본다.
내가 만약 악기가 된다면
어떤 악기가 되어 어떤 하모니를
만들고 있을지 상상해본다.
마치 오선지 위에서 춤추듯
가볍고 경쾌하게 어깨를 들썩거리며.

18

주변 사람들에게 색깔 입히기

사랑하는 그(녀)는 핑크색이 좋을까?
조금 진부한가?
옆집 심술부리는 못난 아줌마는 똥(황토)색……
억울한 일이 생길 때마다
'위험/미움 인물들'을 대상으로
색칠 공부를 하자.
소심한 복수라고? 한번 해보라.
그것만으로도 마음이 한결 가벼워질 테니.

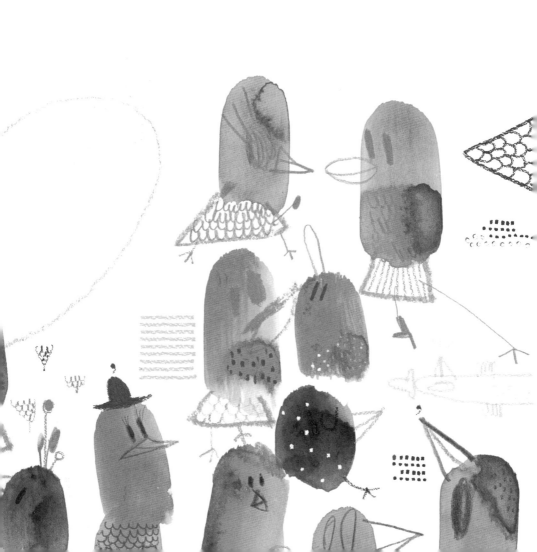

서랍에서 바람 느끼기

서랍에는
바람이 있다.

몰랐다면 열어보시길.
당장.

20

엄마에게 내 얼굴 그려달라고 조르기

엄마에게 무작정 드로잉북을 드리고
나를 그려달라고 조르자.

엄마는 어린 시절, 손재주가 무척 좋았다고
한다. 지금까지도 엄마의 뜨개질 솜씨는
모든 이들이 감탄할 정도다.

어느 날, 뛰어난 예술적 감각을 보유한 엄마께
드로잉북을 내밀며 나를 그려달라고 졸랐다.
물론 엄마는 여러 번 퇴짜를 놓았다.
- 내가 무슨 그림이니?
- 난 이제 못 그려.

그렇다고 포기할 내가 아니다. 여러 번 거듭된
딸의 앙탈에 못 이기는 척 도화지에 그려내신
내 얼굴. 엄마는 아셨을까? 그림 그리는
엄마의 표정에서 동심을 엿봤다는 걸.

가끔은 엄마에게 동심으로 돌아갈 시간을
만들어 드리자. 몇 번의 거절을 당한다 해도
결코 포기하지 말고.

우리는 모두 어릴 적 천재 화가들이었다.
어릴 적에는 누구나 그림을 그리는 걸
즐거워했더랬다. 그런데 언제부터
그림 그리기가 이렇게 부담스러워진 걸까.
잘 그리지 못한다는 이유로 멀리하게 된 걸까.

잘 그린 그림은 누구를 위해 필요한 걸까?
그림을 A-B-C로 매기는 평가로부터
벗어났는데 우리는 왜 아직도 누군가가
정해놓은 잘 그린 그림에 집착하고
벗어나지 못하는 걸까?

그림은 그릴 때 빛이 나는 법.
그저 즐기는 것만으로도
충분히 신나고 즐거운 놀이라는 것!

21

나만의 비밀 장소 만들기

나만의 비밀병기로
특별히 좋아하는 장소를 만들자.

사는 게 귀찮을 때,
아무 생각도 하기 싫을 때가
누구에게나 있다.
그럴 때 자신만의 특별한 장소가
있어야 한다.

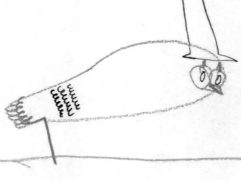

잠깐!
나에게 비밀의 장소가
어디냐고 묻지 마시길.
내게도 '비밀'은 있어야 하니까.

22

사랑하는 친구와 이별하는 방법을 터득하라.
그래, 안다. 이것만큼 견디기 힘든 과제는
없다는 것을. 그래도 누구나 한 번쯤,
아니 수십 번 수백 번 헤어짐을 각오해야 한다.
그럴 때 조금 더 현명한 나만의 이별 공식을
만들어보면 어떨까?

나는 인간관계에 있어서 늘 담담한 척 굴었다.
주변 사람들로부터 차갑다는 말도 종종 듣는다.
어떤 미련도 상처도 느끼지 않는 것처럼,
마치 도인(道人)처럼
'뭐, 인연이 거기까지인가 보지'라며
쿨한 척 말하곤 한다.

하지만 나는 나를 잘 안다. 그들 뒤에서
얼마나 가슴 아파했는지. 그들이 떠난 빈자리를
바라보며 얼마나 상처받았는지…….
이런 나를 알고부터 갑옷을 두르기 시작했다.
사람과 사람 사이의 관계에서 거리를
두기 시작했다.

2년 전 가을 어느 날, 5년 동안 저녁에 함께
잠이 들고, 아침에 함께 깨던 친구가 떠나갔다.
그날의 충격은 2년 이상 아물지 않았고,
매일매일 마음에 눈물을 흘렸다. 일상 속 사진에
콕콕 담겨 있던 친구의 모습을 우연으로라도
마주하게 될까봐 컴퓨터의 사진 폴더를
열어볼 수도 없었다. 함께 사는 다른 고양이들의
등을 따뜻한 손길로 쓰다듬거나
눈을 마주칠 수도 없었다.

그렇게 내 친구 '후추'가 떠나던 날.
내가 할 수 있는 일이라곤 후추를 위한
노래를 만들고 노래를 부르는 것 외엔
아무것도 없었다.
가끔 꿈속에서 후추와 만나 적당한 거리에서
서로를 지켜보는 것 말고는 후회도, 미련도,
더이상의 행복도 없었다.

곁에 있을 때 좀더 잘하자. 곁에 있을 때
더 많이 안고, 더 많이 표현하자. 못내 하지 못한
말이 많아서 못해준 게 마음에 남아 후회라는

감정으로 가득 차 있는 건 생각만으로도
슬픈 일이니까. 우리는 앞으로도 누군가와의
남은 추억의 힘으로 버텨나가야 할 것이다.
문득문득 떠난 이를 애도하고 그리워하며
남은 날을 살아내야 할 것이다.
'비록 우리가 지금은 떨어져 있어도 너와 내가
보낸 시간은 내 인생의 가장 소중한 보물이었어.
그때 우린 참 즐거웠었지'라고 말하는
우리가 된다면…….

23

내 안에 무엇인가 솟구칠 때면 망설이지 마라.
끌리는 대로 무조건 따르라. 물론 한순간의
충동이 좌절을 낳게 할 수도 있다. 하지만
선택하건 선택하지 않건 후회는 늘 남는 법.
그렇다면 해보고 후회하는 것이 좋지 않을까.

부암동에 복합문화예술공간 '플랫 274'를
만든 것은 내 인생에서 제법 큰 사건 중 하나일
것이다. 어느 날 문득 우연처럼, 인연처럼
찾아온 기회. 창 너머 풍경들이 몹시도 아름다워
모든 이들에게 이 공간을 소개하고 싶었고,
그 풍경을 보여주고 싶다는 이유만으로
조금 위험한 모험을 시작하기로 했다.

2010년 봄. 기적처럼 '플랫 274'라는 공간의
문을 열었다. 하지만 몇 개월이 채 지나지 않아
또 기적처럼 나를 찾아온 배신. 좀처럼 아물지
않는 상처를 남긴 사건을 마주하며 참 많은 밤을
울고, 또 많은 밤을 헛헛하게 웃어야 했다.
동업자가 남겨놓고 떠난 배신감이라는 물건은
인정하고 버텨내기 참 힘든 것이었다. 그렇게
혼자 남은 이 공간에서 삶의 변화가 시작됐다.

그래도 이 공간을 통해 좋은 친구들을
많이 만났으니까, 이 공간을 많은 사람들이
좋아해주었으니까, 이 공간으로 인해 수많은
이야기와 추억들이 생겼으니까
그것만으로도 족하다 생각한다.

안다. 그날의 좌절이 지금도 흐른다는 것을.
시간이 좀더 지나고 나면 그 좌절이,
좋은 약이 될 수 있다는 것을.
그렇게 쉽지 않은 인생 섭리를 몸으로,
머리로 받아들이자 어느새 후회라는 녀석이
저만치 떠나고 없었다.
매일매일 순간순간 내 앞에 일어난 일에
최선을 다하고 즐기면 된다는 것도 알았다.

좋은 작가들의 멋진 전시와
인디 뮤지션들의 공연을,
날 좋은 봄과 여름에 옥상에서 벼룩시장을,
따뜻한 차를 앞에 두고 소곤소곤
다정하게 대화를 나누던 사람들의 미소를
오래도록 기억하고 싶다.
그리고 이 모든 것이 끝난 후에
'그래도 참 잘했었어. 넌 참 대견해'라고
스스로를 격려할 수 있었으면 좋겠다.
아마 또다른 모험이 지금 내게 일어나고
있겠지만…….

24

좋아하는 관심 단어 만들기

나는 늘
초록/섬/숲을
마음에 품고 살아간다.

어쩌다 우연히
그것들을 접하는 것만으로도
설레고
즐겁고

무한한 상상이
펼쳐진다.

구체적으로 시간과 장소를 정해서
나와의 데이트 시간을 갖자!
나는 대체 누구인가? 어떤 사람인가?
나와 나 자신, 나와 다른 사람과의 관계는
어떠한가? 앞으로 남은 인생을
어떻게 보낼 것인가?

우리가 앞으로 풀어야 할 인생 숙제는
이처럼 만만치 않다. 인생이 남겨준
숙제를 푸는 방법은 단 하나,
재미난 일은 없을까 두리번거리며

계속 보고,
계속 생각하고,
계속 행하고,
계속 나를 관찰하는 일뿐.

이것이야말로
살아가는 이유가 아닐까.

26

지구가 천천히 돌아가는 게 느껴질 것이다.
믿거나 말거나.

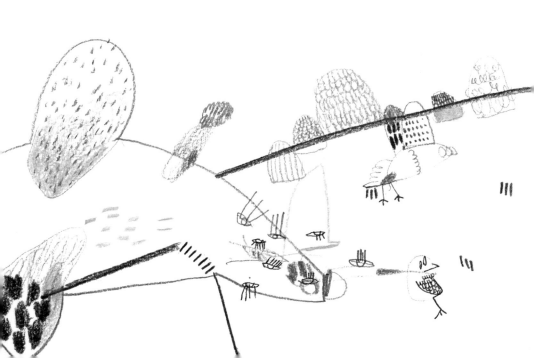

27

새로운 장르를 두려워하지 않기

매일 같은 일만 하는 거,
지루하고 재미없지 않니?
새로운 일이 두렵다고?
어차피 결국 똑같은 일이다, 라고
자기최면을 거는 건 어때?
세상에 유일한 나를 믿어보기.
그게 불안하다면 나를 믿고 일을 맡긴
그 사람의 안목을 믿고 따라가보는 것.

초대형 그림을 그리고 싶었다.
물론, 지금까지의 내 작업실은 큰 작업을
하기에는 무리가 있는 작은 공간들이었다.
감정의 분출이 제대로 되지 않은 듯한
찜찜한 마음에 스스로 아쉬움을 달래야만 했다.
그러다 내게 뜻밖의 제안이 왔다.
대학로에서 가장 큰 극장의 연극 무대에
내 작품을 올릴 수 있는 기회가 온 것이다.

몸의 고단함은 걱정도 해보지 않은 채
짜릿함과 설렘으로 가득 차 냉큼 승낙했다.
기계 차에 올라타 그림을 그리고, 설치작업으로
100개의 은반 위, 100개 종이상자 위에
드로잉들을 펼쳐내는 연극미술로의 도전이
시작된 것이다.

그 작품이 인연이 되어 다른 극장에서
다른 작품들을 무대에 올리기 시작했다.
도화지에 그리는 그림과는 다른 규모,
다른 오브제, 다른 고민을 다루어야 했지만
그 '다른' 방식들이 내겐 신선했고,
발상을 확장시킬 수 있었다.

앞으로도 나는 모든 경계를 넘나들며 작업할
것이다. 수줍은 고백이지만 최종 목표는
무대 위에서 춤을 추는 내가 되는 것이다.
몇십 년이 흐른 어느 날 문득, 당신이 무대 위에
댄서 홍시야를 마주할 수 있게 된다면
환호하며 더 큰 박수를 쳐달라.

나의 앞으로의 행보를 애정 어린 맘으로
지켜봐주시기를.

28

**좋아하는 동네와 나만의 길을
만들어 걷기**

남대문시장 윗길로 남산에 오르는 걸 좋아한다.
남산으로 향하는 길을 걷다보면, 나도 모르게
절로 미소가 지어지곤 한다.
이 길은 도서관으로 가는 내 일상의 길이기도
하다. 오래전부터 가까운 도서관을 두고도 꼭
남산도서관을 찾았다. 그곳에서 책을 빌리고
다시 반납해야 한다는 이유를 만들어
남산을 오르내렸다. 남들이 보기엔 조금 귀찮고,
이해되지 않는 고집스러운 일이겠지만,
나에게 그 공간, 그 길은 힐링의 장소,
힐링의 길이었다.

요즘 지어진 도서관에 비해 넓고 좋은 시설은
아니지만, 오래된 책들에서 나는 퀴퀴한
종이 냄새와 큰 창 너머로 내다보이는
남산의 풍경은 어느 도서관에서도 느끼지
못하는 매력을 가져다준다. 남산도서관은
적어도 나에게는 최고로 멋진
추억의 도서관이다.

좋아하는 길을 통해
좋아하는 공간으로 가는 것.
매일 똑같은 일상에서 소풍 같은 날을
만들어보자. 날씨가 유난히 좋은 날에는
샌드위치 하나 사서 도서관 옆 공원에 앉아
방금 빌린 책을 요리조리 살피며
오물오물 샌드위치를 베어 물자.

일상은 평범할 수밖에 없는 법.
그 평범한 일상을 특별한 의식으로 만드는 순간
삶은 더욱 소중하고 행복해진다.
지금 당장, 보물 1호라 불러도 아깝지 않은
소중한 안식처를 만들어보자.

지난 봄, 제주의 바다.
보드라운 백사장에 벌러덩 누워
눈을 감고 파도소리를 듣고 있었다.

태양을 피해 반쯤 감은 눈을 찡그리며
눈을 떠보니 새하얀 구름들이
둥둥 떠다니는 게 아닌가.

구름의 흐름을 잠시 살피며, 한 팀이 된 것인 양
바람의 리듬을 타며 봄의 노래를 불렀다.
마치 구름들이 내 노래를 들으며,
내 지휘를 따라 연주를 하며
오선지를 빠르게 미끄러지는 듯
한참을 바닷가에 누워 바다와 구름,
바람과의 즐거운 음악시간을 만들었다.

마음만 먹으면 바닷가 모래사장에서
지휘자로 변신해볼 수 있다.
나만의 자연 오케스트라를
만들어볼 수 있다.

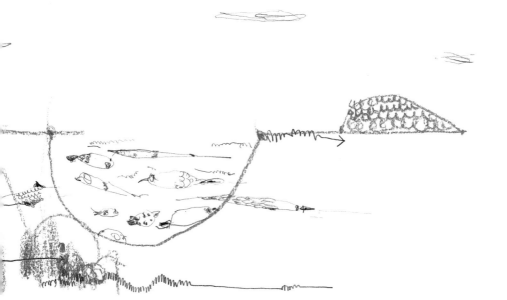

30

느린 리듬으로 살기

몸을 움직이고 걷는다는 건 얼마나 멋진 일인가.
그것은 살아 있다는 생생한 증거이자
오늘을 살아가게 만드는 힘이다. 하지만 지금
우리는 너무 빨리, 서둘러 걷는 건 아닐까.
나를 쫓아오는 사람들을 흘깃 돌아보며
앞만 보고 '더 빨리! 더 멀리! 더 높이!'만
외치고 있는 건 아닌지 돌아보자.

자, 이제는 한 번쯤 느린 걸음으로
일상을 만끽해보자. 생활의 속도를 늦추어
그동안 놓쳤던 사소하고 소소한 것들을
재발견하기로 하자.
느리게. 느리게. 한 발짝. 한 발짝.
우리가 사는 세상에는 아직도 멋진 것들이
너무도 많으니까. 느리게 갈수록 그것들을
볼 수 있는 확률이 더 높을 테니까.

즐거운
생활
발상

31-45

쉽지 않다.

어려운 일이다.

하지만 쉬운 일만 하며 살 순 없는 법.

이젠 힘든 일도 좀 하며 살자.

32

비행기를 타고 무작정 떠나기

어디선가 들은 이야기.
비행기를 타고 비행하면 그 속도가 너무 빨라서
자신의 영혼이 미처 쫓아오지 못한다고 한다.
누군가는 미신이라고 치부할 이야기이지만,
이 이야기를 들었을 때 참 재미난 발상이라고
생각했다. 그후 비행기를 타고 여행을
떠날 때면 종종 이 이야기를 떠올리곤 했다.

벼르고 벼르다 찾은 여행지, 잔뜩 기대를
품었건만 마치 영혼을 잃은 멍멍한 기분으로
외딴 도시를 걷는 듯한 경험을 누구나 한 번쯤
갖고 있을 것이다. 그때마다 내 안의
누군가에게 이렇게 묻곤 했다.
지금, 내 영혼은 어디에서 무엇을 하고 있을까?
내가 탄 비행기를 따라오지 못해 어딘가를
헤매고 있는 건 아닐까? 상상해보았다.

그렇다면 지금 나는 영혼이 떠난 상태,
내가 아닐 수도 있는 상태.
어딘가에서 나를 찾아 헤매고 있을
내 영혼이 궁금할 때마다 몹시 흥분되었다.

나도 모르게 어디에선가 만들어지는
내 영혼의 비밀 이야기. 그 이야기가
궁금할 때마다 훌쩍, 비행기에 몸을 싣는다.

그들은 절대
당신을 배반하지 않을
좋은 친구니까.

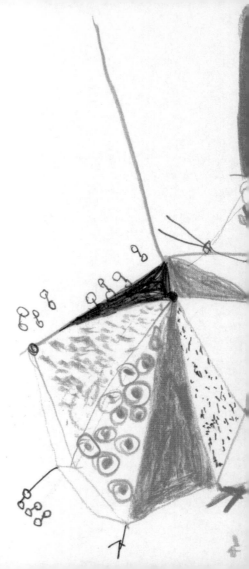

34

비밀 없는 사람은 재미없다.
지금 당장, 비밀 하나쯤은 만들어보자.

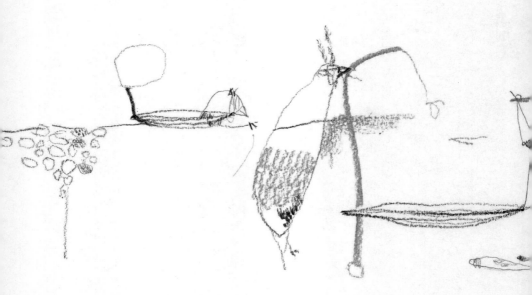

지금 여기
우리가 목도하는 광기를
참고 견딜 수 있는
힘을 달라고,

새로운 길을
가르쳐 달라고.

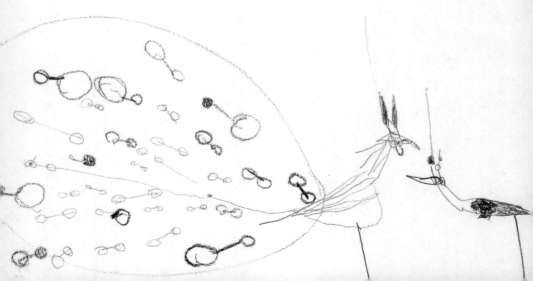

36

나를 다른 사람과 비교하지 않기

나를 누군가와 비교하는 일은
스스로를 피곤하게 할 뿐.
그래 봤자 바뀌는 건 아무것도 없다.

대신 자신이 좋아하는 것들을 적어보자.
그것들과 다른 사람들이 좋아하는 것들이
얼마나 다른지 확인해보자.
좋아하는 것이 다르니 생각하는 것도
삶의 태도도 다를 수밖에 없는 건 당연한 일.

나는 어떤 나를 좋아하는가.
언제 가장 행복한가.
나를 살피는 것보다 인생에서 중요한 것은 없다.

그래서 고백한다.
내가 가장 좋아하는 것들을.

나는 산책하는 걸 좋아한다.

나는 좋아하는 작가의 다음 작품을
기다리는 걸 좋아한다.

나는 낮잠 자는 걸 좋아한다.

나는 매일 아침 커피를 마시며
달콤한 기분에 젖는 걸 좋아한다.

나는 자전거를 타며 온몸으로
바람을 느끼는 걸 좋아한다.

나는 누군가의 정원을 살피는 걸 좋아한다.

나는 새로운 동네를 걷는 걸 좋아한다.

나는 가끔씩 분위기 좋은 카페를 찾아
따뜻한 햇살을 받으며 우아한 점심을
먹는 걸 좋아한다.

그리고
나는 낮술 마시기를 좋아하다 못해
사랑한다.

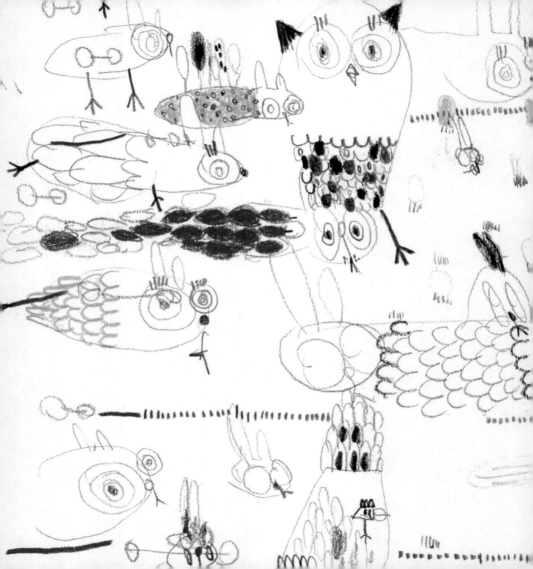

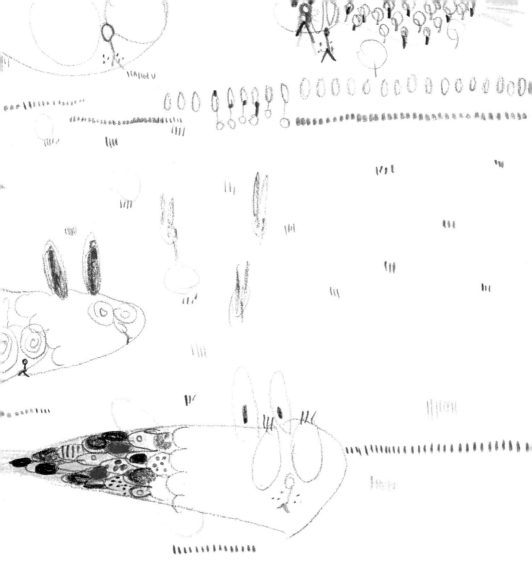

거리에서도 얼마든지 무대 위
프리마돈나가 될 수 있다.

부끄럽다고 쭈뼛쭈뼛하지 마라.
폼을 잡고 바람을 느끼며 춤을 춰보자.
무대는 남산공원. 해가 스멀스멀 저물 무렵
남산을 오른다. 붉게 물든 노을은
훌륭한 조명이 되고 인적이 잠잠해진 공원은
나를 위한 무대로 변신한다.
옆으로 줄지어 선 나무들은 초보 무용수인
나를 응원해주는 관객이 된다.

노래를 흥얼거리며
바람에 몸의 속도를 맞추고
공기의 흐름을 느끼며 느리게 움직여보자.

혹시 당신이 우연히 남산공원에서
춤을 추는 나를 발견했다면
이상하게 여기지 말아달라.
바람에 취해 폴짝폴짝 뛰어다니는
여자를 먼발치에서 응원해달라.

괜찮다면

함께 춤을 추는 것도 좋겠다.

Shall we dance?

다리도 튼튼, 마음도 튼튼.
길 위에서 얻는 에너지는
정말 대단하다.

산책을 정말정말 좋아하는
나는 지구라는 별에서
나와 비슷한 동네에 살고 있는
이웃 친구들을 만날 때마다
산책예찬론을 펼친다.

함께,
걷자고.

2012

39

짝사랑이라도 좋으니
하루라도 빨리 사랑하라.

연애는,
사랑은,
나라는 사람을
가장 빨리
가장 정확하게
알 수 있는 지름길.

무의식의 시간을 마음껏 즐기기

다들 핑계라고 하지만,
나는 잠자는 시간에 집착한다.

비밀이지만,
제2의 인생이 펼쳐지고 있는 꿈나라에선
김남길이라는 탤런트의 아내로
유부녀의 삶을 살아가고 있으니
제발 결혼 좀 하라고 다그치지 마시라.

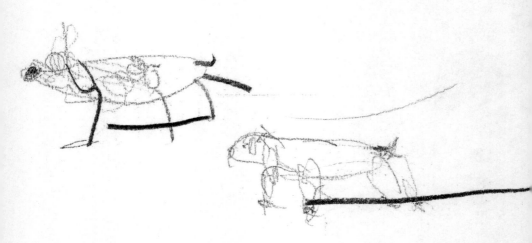

두 개의 살림살이를 병행하기엔

내가 좀 피곤하거든.

41

술 마시기

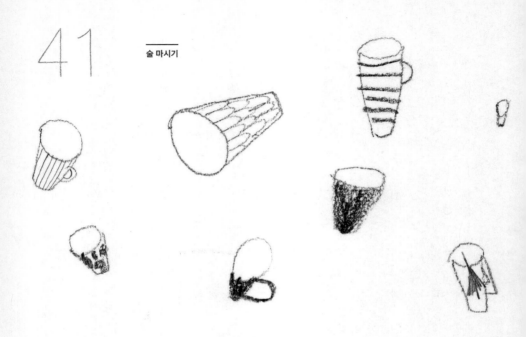

이놈의 세상

맨정신으로 말똥말똥 살기엔

너무 빡빡하고 숨막히지 않는가?

가끔 내 안에 미친 내가

훌쩍훌쩍 우는 날에는 술을 마시자.

가끔은 또다른 나를 무장해제시켜주어라.

글자로 가득한 두꺼운 책 읽기

가끔은 이미지가 있는 책을 멀리하고,
텍스트만 가득한 두꺼운 책을 읽어보자.
그림이 보고 싶어서,
그림을 그리고 싶어서
안달이 날 테니.

가끔은 따분해서 안달이 나서 미칠 정도로
나를 벼랑 끝에 내몰아보라.
조금은 통쾌한 기분일지도.

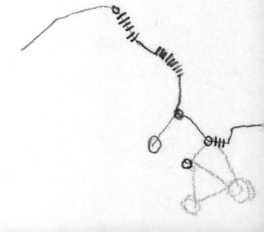

한 번도 다니지 않은 길을 걸어보기

매일 오가는 길.
오늘은 지금까지 다니지 않았던 길을
한번 걸어보자.
생각하지 못했던 골목 풍경을
상상하지 못했던 동네 친구를 만나게 될 테니.
기적처럼 우연 같은
인연의 선물이 주어질 테니.

손톱 위의 컬러로
오늘의 기분 표현하기

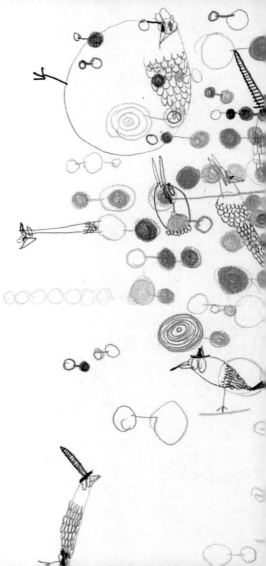

누가 묻거나 말거나.

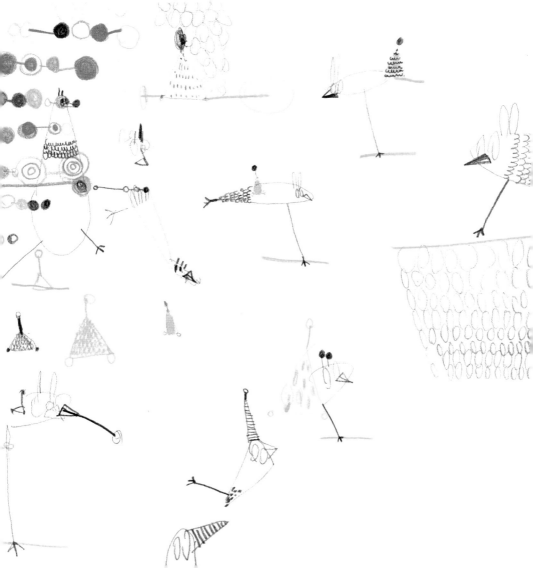

45

**좋아하는 악기를 정해서 기본적인
연주법 배우기**

나는 그렇게 생각한다.
사는 동안 적어도 한 개의 악기쯤은
연주해야 되는 거 아니냐고,
기왕이면 내가 좋아하는 노래를 부르며
악기를 연주할 수 있어야 하는 거 아니냐고.

피아노, 우쿨렐레, 해금.
내가 좋아하고 조금씩은 다룰 줄 아는 악기다.
사실, 우쿨렐레는 독학을 한 탓인지 좀처럼
실력이 나아지지 않는다.
겨우 몇 개의 코드만을 짚어가며 동요 같은
노래를 만들고 연주할 정도다.
한때 격하게 '애정'했던 해금은 요즘은
한 달에 한 번 켜는 정도다. 1년 남짓 배운
실력이라 연주라기보다 기초를 조금 익힌 수준.

다행인지 불행인지,
나는 기본적으로 성취욕과는 거리가 먼
사람이다. 무언가를 접할 때에도 남들보다
잘해야겠다는 욕망 대신 즐기는 데에
'뭉땅' 우선을 둔다.
생각해보니 지금까지 단 한 번도
1년 후, 3년 후, 10년 후 내 모습에 대해
인생 계획을 세운 적도 없고,
목표를 세워본 적도 없다.

군이 삶의 모토를 말하자면,
'오늘 하루를 온전하게 즐기자'라는 것!

그래서일까.
악기를 연주하기 위해 배웠지만
다른 사람들이 인정하는 수준을
한 번도 의식해본 적이 없다.
중요한 것은 악기를 배우는 '과정',
그것이 안겨주는 즐거움뿐.
무엇이든지, 언제든지
내 마음이 닿기를 원했을 때 시작하자,
라는 생각에 시작도 쉽고 끝도 쉽다.

그게 나다.

앞으로도 나만의 방법으로 악기를 다루고
나만의 방식으로 노래할 것이다.
잘하지 못할까봐 시작조차 하지 못하는 일은
내 인생에 일어나지 않을 것이다.

그러니 노래가 조금 엉망진창이라고,
음치라고 타박하지 마라.

그래도 좋아하는 악기를 매만지며
삶에 지친 나를 스스로 위로할 수 있는 '나'이니.

즐거운
생활
발상

46 60

46 아침에 잠에서 깨어 3분 동안 창밖을 바라보기

47 만질 수 없는 것 만져보기

48 앨범 재킷만 보고 느낌을 믿고 구입하기

49 한 달에 하루는 촛불만 켜놓고 지내기

50 가끔 야한 사진도 보며 살기

51 계절과 함께 변해가는 풍경 관찰하기

52 명상하기

53 하루의 리듬을 타기

54 편지 쓰기

55 짧은 기간이라도 꼭 혼자 살아보기

56 정말 가고 싶지 않았던 도시에 한 번쯤은 미친 척하고 찾아가기

57 단골다방 단골술집 만들기

58 엄마와 대화하기

59 나무들이 어떤 이야기를 하고 있는지 숲 속에 들어가 엿듣기

60 한 가지에 집중해서 뚫어져라 쳐다보고, 또 쳐다보기

46

아침에 잠에서 깨어 3분 동안
창밖을 바라보기

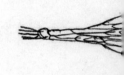

해 뜨기 몇 분 전,
하늘에서는 무슨 일이 있었을까
상상해보는 거다.

만질 수 없는 것 만져보기

만질 수 없지만 만지고 싶은 것들.
그것들을 꼭 닮은 미니어처를 만져보자.
만지고 싶은 무언가를 상상하며 말이다.

가령, 숲을 만지고 싶다면
브로콜리 한 덩이를,
구름을 만지고 싶다면
솜사탕을 만지며
숲과 구름을 상상하는 것이다.

성공할 수도 실패할 수도 있다.
하지만 실패한들 어떠랴.
스릴 있고 좋지 않은가.

이름하여
일상의 도박.

49

한 달에 하루는 촛불만 켜놓고 지내기

지구에게 당당할 수 있도록,

PEACE.

인간의 몸이
얼마나 아름다운지
느껴보시길.

세상에는 보이지 않지만 무수한 에너지가
흘러다닌다. 가끔 계절이 지나는 하늘을
바라보자. 시간의 흐름에 따라 변해가는
풍경을 살펴보자. 얼마나 신비롭고 훌륭한
에너지가 흘러다니는지 몸으로 느껴보자.
그 속에 당신이 꼭꼭 담고 싶은 이야기가
생겨날 것이다.

나 역시 계절을 방관하던 사람이었다.
봄은 봄, 여름은 여름, 가을이 가면 겨울이 오는
거라 여겼다. 그런데 언제부턴가 변해가는
계절이 마음의 눈에 들어왔다. 세상에…….
계절이 바뀌는 것만 유심히 보았을 뿐인데
삶이, 지금 여기의 이 시간이 기적처럼
소중하고 아름답게 다가오는 게 아닌가.

우리는 모른다. 우리가 얼마나 많은
자연의 혜택을 누리며 살아가는지.
주머니에 돈 한푼 없다고 슬퍼하지 마라.
사계절마다 공짜로 누릴 수 있는
선물 같은 풍경,
그 안에서 어디로든 걸어갈 수
있다는 것만으로도 삶은 그 자체가 축복이다.
그걸 깨닫게 된 후로 내 삶은
조금씩 변하기 시작했다.

자연의 흐름을 마음으로 느끼면서부터
그 시간을, 그 아름다운 것들을
도화지에 그리고 싶어졌다.

내 그림의 스승은 자연이다.
내 마음의 스승도 자연이다.
가장 소중한 친구도 자연이다.

그러니 이제 우리,
평범한 일상의 한 조각, 한 조각을
새롭게 바라보자.
아주 특별하고 고귀하게.
바짝바짝 말라비틀어진 삶이
촉촉하고, 특별하고, 고귀해질 것이다.

명상하기

1초와 1초 사이의 시간을
붙잡고 싶다.
그리고 땡땡이 패턴의
두 땡땡이를 붙여보고 싶다.

하루의 리듬을 타기

어떤 날은 위로, 위로!
어떤 날은 아래로, 아래로!
오르락내리락
방랑자가 되어
현기증이 나도록
위로 아래로 달려보자!

54

편지 쓰기

어딘가에 있을 키다리 아저씨에게도 좋고
바람 타고 떠난 남자도 좋고
그저 그리운 이들을 떠올리자.
그리고 마음 가는 대로 적어보자.

그땐 그랬어, 라고
고백하자.

짧은 기간이라도 꼭 혼자 살아보기

내가 얼마나 덜떨어진 인간인지,
그 정체성과 정직하게 마주할 수 있는
가장 좋은 방법은 바로 혼자 살아보는 거다.

스물다섯이 되던 해, 무턱대고 독립을 선언했다.
그때까지는 한 번도 혼자 사는 걸 꿈꾼 적도
그럴 필요성도 느끼지 못했던 하루하루를
덤벙덤벙 살아가던 이십대 여자였다.
그랬던 내가 어떻게 혼자 살아야겠다는
결정을 할 수 있었을까(그건 아직까지
풀리지 않은 미스터리다). 지금 생각해보면,
그냥, 그렇게 해야 할 것만 같았다고
말할 수밖에 없다.

그렇게 집을 뛰쳐나와 5년간 세 번의
이사를 하며 혼자 살기를 감행했다.
청소도, 식사도, 빨래도…….
모든 것들을 처음부터 끝까지 스스로 해결하고
혼자만의 외로운 시간을 감내해야만 했다.
청소는 생각날 때 우르르 쾅쾅 대청소.
식사 대신 맥주로 배 채우기.
빨래는 눈에 보이는 모든 것들을 한꺼번에
세탁기에 넣은 덕분에 너덜너덜 형태를
알아볼 수 없는 신발, 가방, 옷들의 참혹한
모습을 접하며 때 이른 이별을 하고,
유통기한이 한참 지난 우유와 주스를 들이마셔
배탈을 달고 다녔던 시간이었다.

대강대강 행동하는 내 성격이 뭉텅뭉텅
죄다 드러나는 순간들을 접하면서도
혼자 살기가 부끄럽지도, 불편하지도 않았다.
짧았다면 짧았고, 길었다면 길었던
그 시간은 인생에서 가장 소중한 시간으로
남아 있다. 내가 얼마나 부족한 사람이고,
얼마나 많은 것들을 누리며 살아왔는지
돌아볼 수 있는 시간이었다.

혼자 살면서 감사함을 배웠다. 우리 모두가
결국은 외로운 존재임을, 인정하는 법을 배웠다.
엄마가 매일 아침 차려주시는 따뜻한 밥과
빨래건조대에 널려 있는 깨끗해진 내 옷들에
엄마의 수고와 헌신이 깔려 있다는 것을
모른 채 살아왔던 것이다. 지금까지 너무도
당연하게 받고 누려왔던 일상에서
누군가의 희생이 얼마나 컸는지를 알았다.

일상에서의 감사함, 가족의 소중함.
세상에서 가장 귀한 두 가지 사실을
알았다는 것만으로도 삶은 몇 배로 소중하고
행복해졌다. 하루하루가 잔치와 같다는 것,
그래서 즐기고 사랑하며 살기에도
부족한 시간임을 깨달았을 때
나는 한 지붕 아래 가족의 품으로 돌아왔다.
언젠가 또다른 일탈의 시간이
다가오겠지만 말이다.

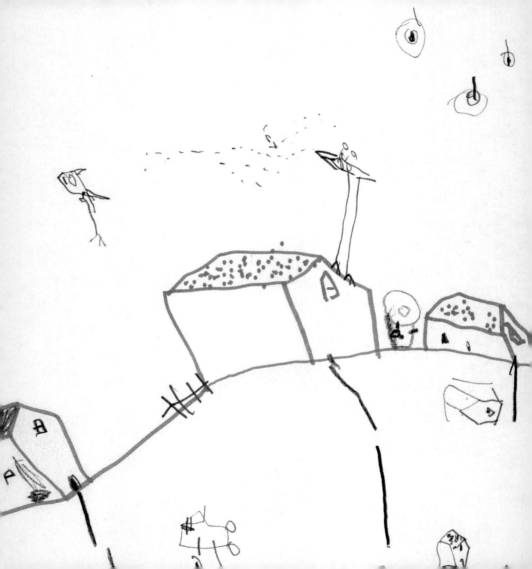

정말 가고 싶지 않았던 도시에
한 번쯤은 미친 척하고 찾아가기

몇 해 전 겨울. 당장이고 어딘가로 떠나야 할
것만 같았다. 무턱대고 여행사에 전화를 걸었다.
"내일 당장 갈 수 있는 도시라면 어디든 좋으니
비행기 티켓 부탁드려요"라고 이야기하고
급하게 비행기 티켓을 발권받았다.
다음날. 지금까지 상상도 해본 적 없었던,
여행 계획조차 없었던 프라하로 떠나게 됐다.
우연처럼 여행사 직원이 내게 준 티켓이
프라하행이었던 것이다.

아무런 계획도 여행지 정보도 없었던 나.
숙소도 예약하지 못한 채로 다음날 덩그러니,
눈 오는 프라하에 내팽개쳐졌다. 걱정이 됐는지
여행사 직원은 혹시나 필요하면 쓰라며
몇 군데의 호텔과 숙소 정보가 적힌 종이
한 장을 나에게 건네줬더란다.

무작정 구시가지로 찾아가서 첫눈에 보이는
곳을 숙소로 정했다. 그곳까지 무사히 갈 수
있었던 것은 공항 앞, 흰 눈을 펑펑 맞으며
안절부절 못하던 내게 구원의 손길을 내어준
한 러시아 청년 덕분이었다. 그 청년은 프라하에
자주 여행을 왔던지라 프라하의 골목골목을
잘 알고 있었다. 어둠이 덮어버린
프라하의 하늘 아래. 하늘에서 천사를
내려보내주신 것이리라. 그렇게 숙소에 들어가
짐을 풀고 무릎까지 쌓인 눈에 폭폭 빠지며
2주일 동안 프라하의 겨울 거리를, 뒷골목을
무작정 걷고 또 걸었다. 낯선 곳에서 오롯이
나를 들여다볼 수 있는 시간이었다.

사실 이날 밤 나는 숙소에 들어가 혼자 쓰는 방을 달라고 했었다. 주인장으로 보이는 아저씨는 혼자 예약도 없이 가방 하나 짊어지고 나타난 여자가 어떤 이유로든 걱정이 되었는지 (방이 비어 있었음에도) 거절하고 12명이 사용하는 도미토리 방을 내어주었다. 나는 며칠 동안 그 방을 독채처럼 혼자 사용할 수 있었다. 나중에 알았지만, 한국인은 드라마 〈프라하의 여름〉의 영향 때문인지 여름에 프라하 여행을 많이 오고, 춥고 눈 많은 겨울엔 통 오지 않는다는 것이었다. 그런데 유럽인들은 겨울의 프라하를 더 좋아한다는 말과 함께. 인적이 드물어 한적한 그 도시를 맘껏 걸었으며 다른 여행자들이 없어 그 넓은 방을 1인실로 사용하고 있었으니 나는 운이 참 좋았다, 라고 생각했다.

계획했던 것은 아니지만, 운좋게 프라하에서 새해를 맞게 되었다. 12시 종이 땡, 울리자 새해를 맞이하기 위해 세계 각지의 여행자들이 카를 교 위로 뛰쳐나왔다. 퍼레이드 속에 끼어 국적도 언어도 다른 서로를 감싸 안고, 춤추고 노래하며 술을 마시며 떠오르는 새해를 다리 위에서 온몸으로 맞았다. 그렇게 무턱대고 떠났던 여행이 아직도 기억 속 그 어떤 여행보다도 아름다웠던 여행의 순간으로 추억되는 것을 보니 그저 한 번쯤은 계획 없이, 상상 속에조차 없었던 도시로 우연 같은 여행을 떠나보는 것도 괜찮은 일 같다. 지도도 가이드북도 없이, 그저 발길 닿는 대로, 하고 싶은 대로 말이다.

영화 〈카모메 식당〉의 미도리가
세계지도를 펼치고 우연처럼, 그러나 인연처럼
핀란드로 여행을 떠나 그들을 만나고
또다른 소중한 일상을 만들었던 것처럼 말이다.

계획 없는 여행을 위험하고 무모하다고만
할 순 없다. 계획하지 않았기 때문에
우연은 찾아오고, 외딴 길 위에서
보물 같은 인연을 만나기도 하니까 말이다.

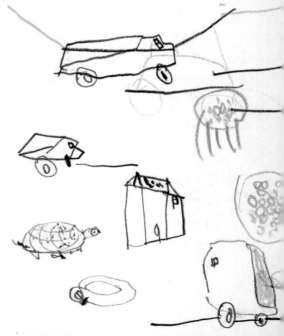

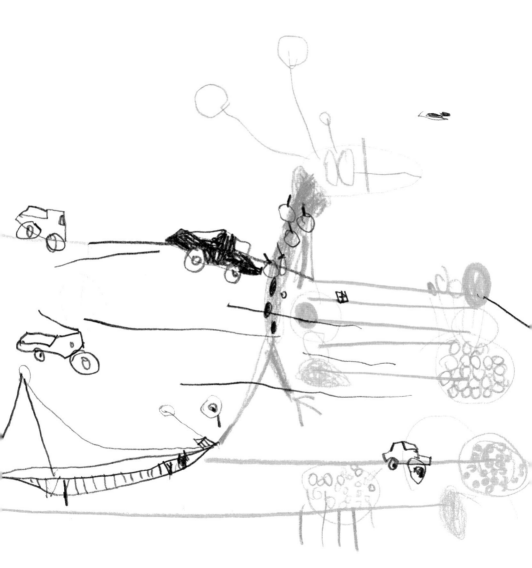

57

단골다방 단골술집 만들기

좋아하는 찻집 혹은 술집이 있다면
뻔질나게 드나들며 단골손님이 되어보자.
일행이 없어도 혼자 찾아갈 수 있는
비밀 아지트.
가끔은 혼자 홀짝이며 울 수 있는
나만의 놀이터가 되어줄 것이다.

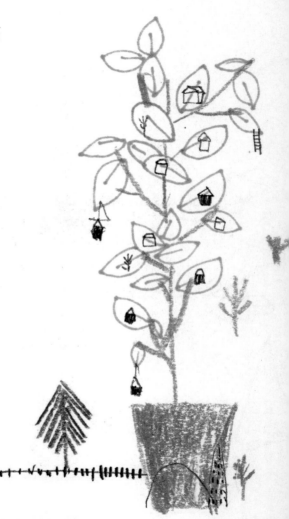

엄마와 대화하기

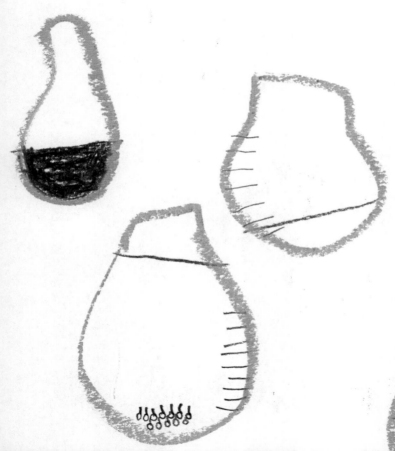

엄마와 오랜 시간 이야기를 나누었던 게
언제였던가? 그런 생각이 든다면,
바로 지금 엄마에게 말을 걸어보자.
엄마와의 대화.
놀랍게도 엄마 안에서 또다른 나를
만날 수 있을 것이다.
그 대화는 엄마와 나
모두에게 큰 기쁨이 되리라.

59

가끔 인간이 아닌 다른 존재들은
어떻게 이야기를 나눌지 상상해보곤 한다.

동물들의 대화,
식물들의 대화,
바람의 대화…….

조용히 숲으로 가보자.
누군가와 함께 있더라도 말없이 걸어보자.
그 순간, 틀림없이 들려올 것이다.
소곤소곤, 나무들의 대화.
눈을 감고, 어떤 이야기를 나누고 있는지
엿들어보자.

60

한 가지에 집중해서 뚫어져라 쳐다보고,
또 쳐다보기

한 가지만을 뚫어져라 보기 시작하면
현기증과 함께 다양한 것이 보일 것이다.
일상에서 마주하는 것들은 자세히 보지 못하고
쉽게 지나쳐버릴 때가 있다. 거기서 알아채지
못하고 보내는 의미들은 또 얼마나 많을까?
당신 앞에 있는 무언가 한 가지에 집중해보자.
뚫어져라 보고, 또 보고. 그냥 지나쳐버렸던
수많은 의미들이 나타날 것이다.

+

때론 매우 하찮은 것들에 마음을 빼앗겨보자.
가끔은 의미 없는 일을 하다가 새로운 영감을
만나기도 하니까.

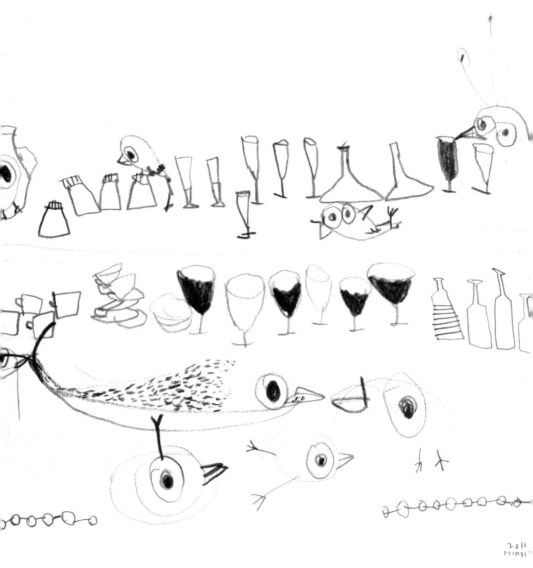

2011
Hong...

즐거운
생활
드로잉

1-4

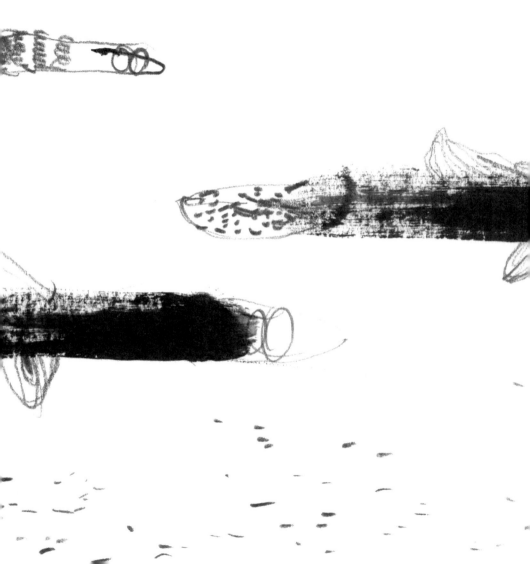

1

그림일기 그리기

어떻게 하면 그림을 잘 그릴 수 있냐는
사람들의 물음에 내가 한결같이
하는 대답은 '그림일기'다.
나는 늘 그린다.
그날의 감정, 인상 깊게 남았던 장면,
기록하고 싶은 그 무언가를, 매일 그린다.
내가 누구인지, 무엇을 원하는지,
어떤 세상을 꿈꾸는지, 더 나아가
어떤 이야기를 하며 살고 싶은지에 대해.
매일 밤 흰 도화지 앞에 앉아 고민하며
나를 관찰한다. 가장 낮은 자세로 조용히.
정체성의 혼란이 왔었던 이십대의 그림일기는
마음의 길잡이이자 안식처가 되었다.
그때의 소소했던 그림일기 습관 덕분에
'내' 생각을 쌓을 수 있었고
가장 좋아하고, 동시에 가장 하고 싶은
나의 일을 찾을 수 있었다.

나의 장례식 장면 그려보기

내가 죽은 후의 풍경은 어떨까.
장례식에 찾아와줄 사람들은 누굴까,
내가 좋아했던 공간과 음악은
어디로 가는 걸까.
그러니까 사실은, 좋아하는 사람들,
좋아하는 음악, 좋아하는 공간을
그려보는 것이다.

좋아하는 색 수집하기

좋아하는 색이 포함된 것이라면
어떤 것도 좋다. 좋아하는 색으로 된
무언가를 수집하라. 참고로 수집은
관찰력 향상에도 도움이 된다고 한다.

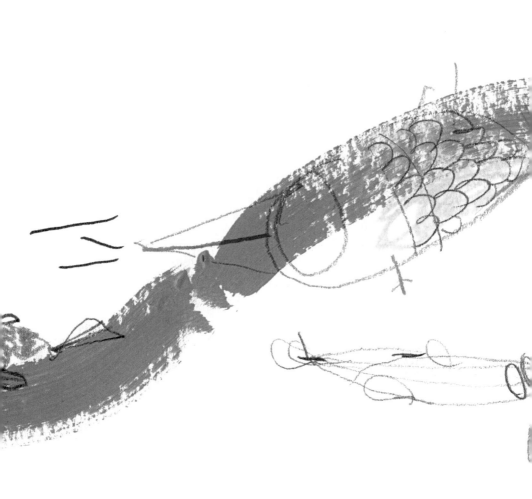

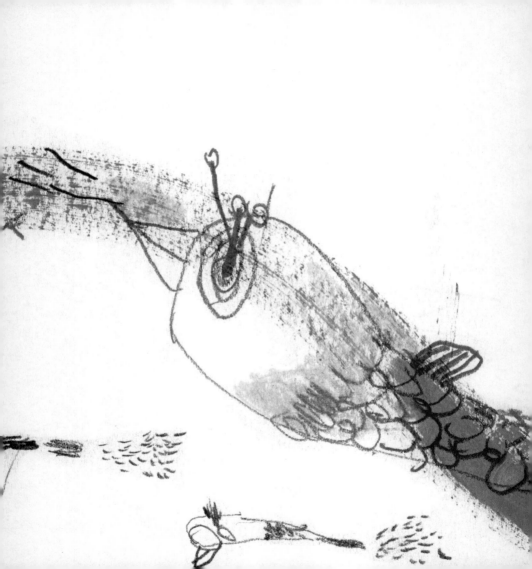

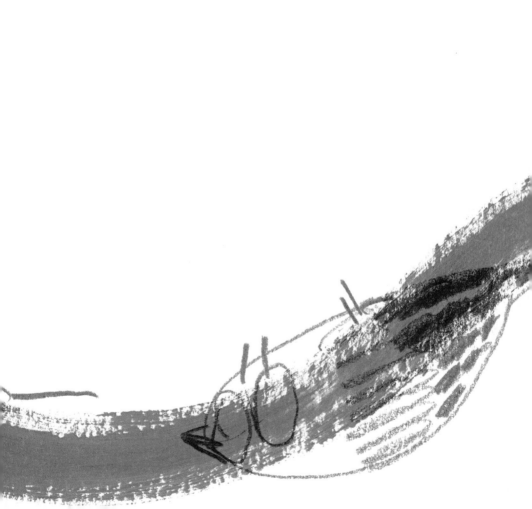

4

**친구를 만나 말 대신
그림으로만 소통해보기**

친구와 나 사이에 종이 한 장을 두고
그림만으로 대화를 나눠보는 것이다.
만약 대화가 통하지 않는다면,
그림 실력을 탓할 것.
하지만 어쩔 수 없다.
상대방과 그림만으로 소통할 수 있는
언젠가를 향해 끈기 있게 연습하고
놀이할 수밖에.

한 가지 주제를 정해 그림 그리기

재료, 선, 특질 등을 달리하여
한 가지 주제만을 그려보는 것이다.
그 그림들을 모아놓으면 연작 그림이 된다.
게다가 연작으로 그림을 그리는 것은
자신만의 사유의 끈을 가져볼 수 있는
기회가 될 수도 있다.

책상 위에 지우개 없애기

책상 위에 지우개가 있으면
틀린 그림을 고치느라 시간만 허비한다.
눈, 코, 입을 그렸다 지웠다,
틀렸다고 생각하지 말자.
틀린 그림은 없다.
혹 '원래 이렇게 생겼어'라고
억지 주장을 하게 되더라도
눈, 코, 입을 함께
자신감 있게 그려보라.
고칠 필요는 없다.
지우개도 필요 없다.
망치더라도 전혀 상관없는 일이고,
조금 덜 예쁘게 그려내도 상관없다.
누군가에게 보여주기 위한 잘 그린 그림은
더이상 필요 없으니까 말이다.

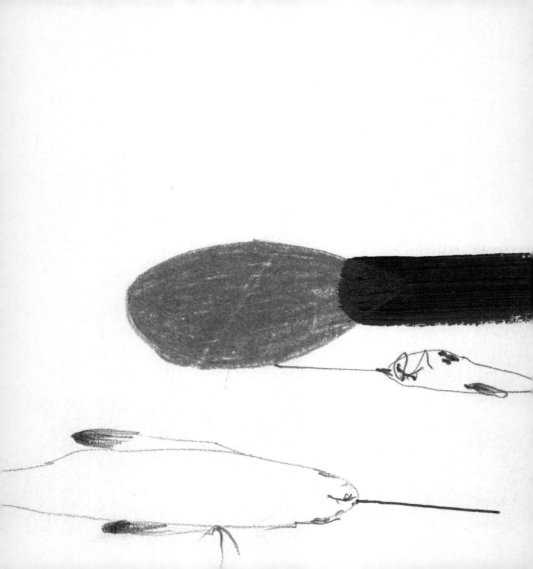

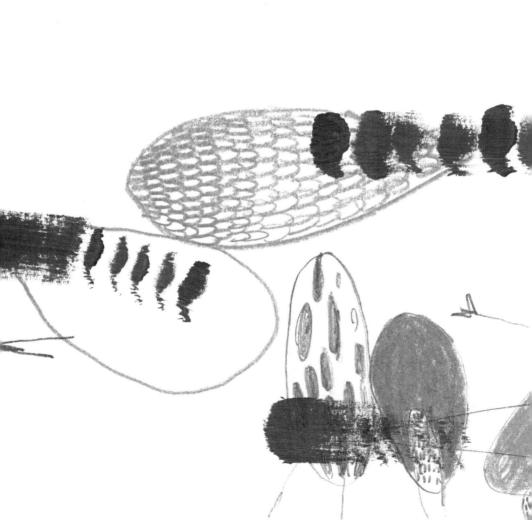

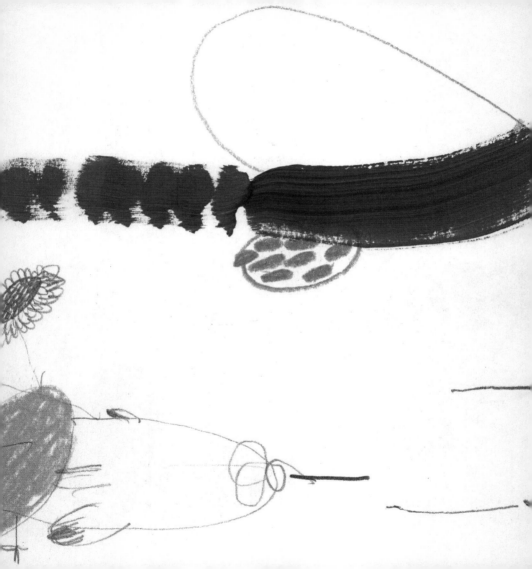

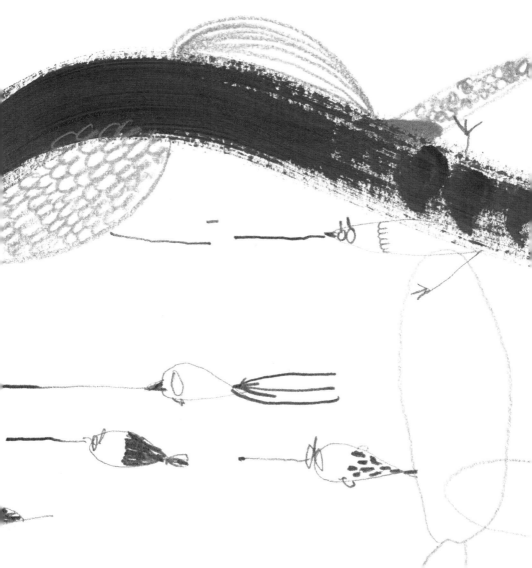

7

**가끔은 외도하는 기분으로
왼손으로 그리기**

오른손잡이가 오른손으로만
그리라는 법이 있나?
가끔은 왼손으로 그려보자.
삐뚤삐뚤.
왼손잡이라면,
오늘은 오른손이다!

**생활과 밀접한 곳곳에
하얀 도화지 놓기**

도화지를 늘 곁에 두고
떠오를 때마다 그림을 그려라.
습관처럼. 무의식의 끈을 따라서.
때로는 무의식 아래 그려낸 낙서도
멋진 작품이 될 수 있다.

용기 내어 선 하나를 긋기

모든 그림은 점과 선으로 시작된다.
그림을 그릴 용기가 나지 않는다면
내킬 때까지, 지겨울 때까지 선만 그려라.
그리다보면 어느 순간
지겨워서라도 다른 것이 애타게
그리고 싶어질 것이다.
도형이라든지 먹고 싶은 것이든지.
뭐~든지…….

잘 그리려고 안달하지 않기

잘 그리려고 안달하는 대신,
많이 그려라.
일단은 질보다 양으로 승부할 때다.
그리다보면, 나만의 선과 색을 찾을 수 있다.
두 번, 세 번…….
그려보다 낙심하면 곤란하다.
고양이를 한 번 그려본 사람과
백 번을 그려본 사람이 있다고 치자.
누가 더 고양이를 잘 그릴 수 있을까?

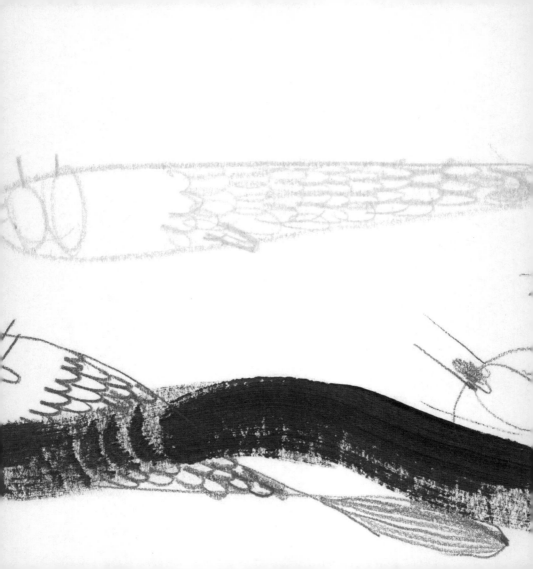

11

**도화지는 절대 보지 말고,
사물만 보고 그리기**

도화지에 신경을 쓰다보면
정작 그리는 대상에 소홀해질 수도 있다.
도화지를 보지 말자.
사물만을 보자.
우연처럼 얻은 어그러진 형태가
신선하게 느껴질 것이다.

12

**늘 가방 속에 드로잉북
챙겨 다니기**

언제든 영감이 찾아왔을 때
잽싸게 낚아챌 수 있도록
항시 대기하고 있어야 한다.
영감은 불쑥불쑥 찾아오기에
무방비 상태라면 곤란하다.
가방이 조금 무겁더라도 감당해야 한다.
나는 주위 사람들로부터 놀림을 받는다.
"너는 매일 아침 집 나오냐?
무슨 짐이 그리도 많냐……"라고,
하지만 어쩔 수 없지 않은가?
영감은 절대 예정하고 오지 않으니까.
그 귀한 손님을 맞기 위해서는
매일같이 대문 앞에서 기다리고 있는 게 옳다.

**내 방에 그림을 붙여놓고
친구 초대하기**

만족할 만한 그림을 몇 점 완성했다면
내 방 벽에 붙여놓고 친구를 초대하라.
이것이야말로 오픈 스튜디오 전시가 아닌가.
굳이 비싼 대관료를 지불하고,
반듯반듯 네모난 흰색 벽의 갤러리에서
전시를 할 필요는 없다.
소중한 친구들에게
가장 가까운 방식으로
내 작업을 소개해보면 어떨까.

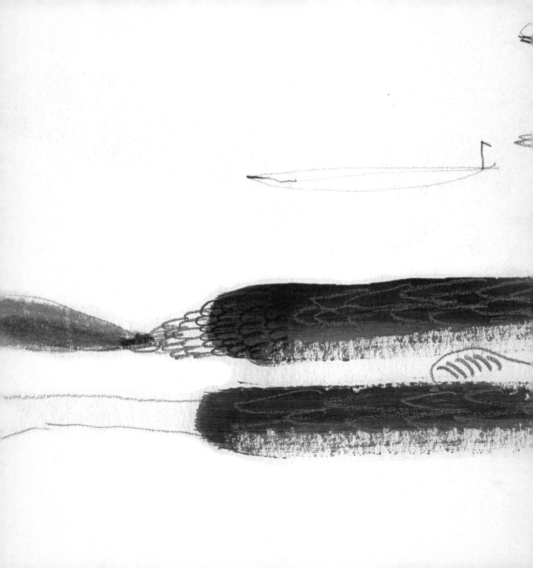

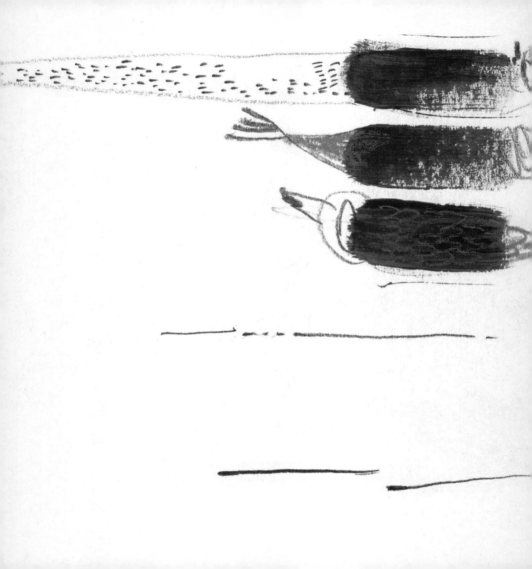

14

**거리의 사물을 활용해
콜라보레이션 하기**

길을 걷다 벽 위 미세하게 균열된 선을
발견하면, 그 앞에 서라.
그 벽 위에 당신의 그림을 그려보아라.
콜라보레이션이라는 것이 꼭 거창하게
멀리 있는 것만은 아니다.
이것이야말로 환상의 콜라보레이션이
아니고 무엇이더냐?

+

다만, 불법 행위로 간주되어
경찰서에 끌려갈 수도 있으니
무엇보다도 주의 깊게 변방까지 살피며
그려내는 것이 좋겠다.

15

타투리스트 되기

틀려도 어쩔 수 없다는 자신감과
플러스 펜 한 자루면 누구든 타투리스트가
될 수 있다. 일단, 친구들을 자주 만나
실험 대상으로 삼아보자.
펜 뚜껑을 열어 그들의 몸을 탐닉하라.
원하는 위치, 원하는 소재로
당신 마음이 이끄는 대로 그려라.

나도 마음에 드는 타투 하나를 꼭 갖고 싶었다.
한 번 그려 넣은 그림이 싫증나면 어쩌지?
맘에 썩 들지 않으면 어쩌지?
고민하다가 결국 나만의 방식으로 타투를
지니고 다녔다. 매일 아침, 매일 다른 그림을
손등에 그리고 다녔던 것이다.
그리고 만나는 친구들 손등 위에 그림을
그려주기도 했다. 상대방 의견이라곤
아랑곳하지 않는 무대포 타투리스트가 되어.

+

친구들에게 원망을 듣고 싶지 않다면
펜은 수성펜으로 준비하는 것이 좋다.

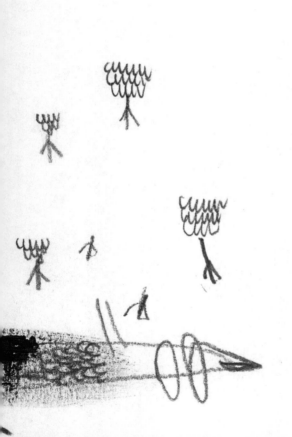

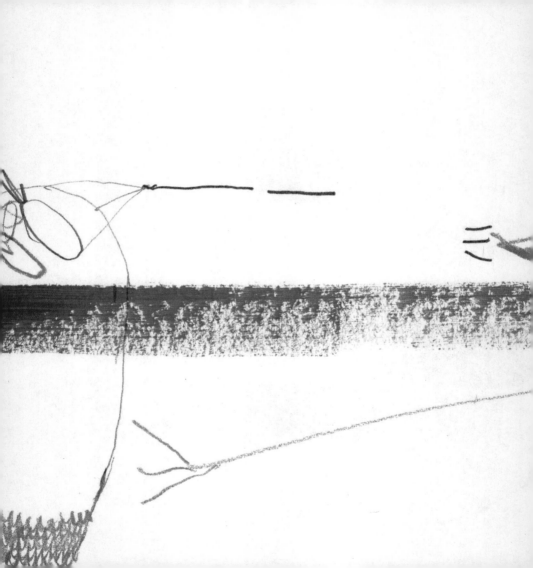

16

꿈 일기를 만들어보기

나는 두 개의 삶이 있다고 믿는다.

현실에서의 삶만큼 꿈속에서의 삶도 중요하다.

그래서 꿈을 꾸기 위해 늘 준비한다.

꿈속에서 만나는 사람들,

벌어지는 일들이 늘 기대된다. 설렌다.

그 풍경들이 몹시도 생생해

가끔 현실과 착각하기도 여러 번.

오랜만에 연락 온 친구에게

"우리 지난주에 만났잖아"라는 말을 해

친구를 곤경에 빠뜨리기도 여러 번.

꿈속에서 그리는 그림이 맘에 들어

꿈에서 깨어 그 그림을 찾기 위해

흉내를 내기도 한다.

기억을 따라가지 못해

금방 포기하고 말지만…….

17

지금의 내 감정 그려보기

지금의 감정을 그려보자.
컬러, 도형, 오브제 등
영역을 넘나들며 자유롭게.
어떤 식으로든.
비록 '무엇'이라 할 만한 것이
그려지지 않아 줄곧 새카만 김 한 장과
마주하게 될지라도.

18

문화생활로 감정을 깨우기

감정을 깨워줄 수 있는 최고의 자극제는
문화생활이다. 전시회, 책, 공연 등
다양한 매체를 통해 여러 가지 감동과 감정을
경험하라. 그림을 그리는 행위도 중요하지만,
보고 듣고 느끼는 행위는 더 중요하다.

19

드로잉을 위한 블로그 만들기

드로잉을 위한 블로그를 하나 만들고,
정기적으로 업데이트하라.
누군가가 내 그림을 봐준다는 설렘이
매일 스스로를 자극할 것이다.
그런 동기가 생활습관이 된다면
더할 나위 없이 좋겠지?

20

드로잉북 '애정'하기

드로잉북을 자신만의 가장 자유롭고도
비밀스러운 공간으로 만들어라.
드로잉북은 '나'를 말하는 또다른 세계다.
그 안에서의 당신은 가장 자유로워야 한다.
아무런 얽매임도 없이.
그러나 동시에 그것은 밀실이 되어야 한다.
누구도 알지 못하는,
당신만의,
은밀한.

21

잘 그리려는 집착에서 벗어나기

'잘 그리자!'라는 집착에서 벗어나라.

일단 그려라. 그후엔 손이 알려줄 것이다.

잘 그리자고 생각하는 순간

그리는 일은 어려워진다.

일단 그려보자.

자연스럽게.

22

끊임없이 연습하기

잘하기 위해선 연습이 필요하다.

사실 이건 어떤 분야에서든

똑같이 적용되는 이치일 것이다.

잘하고자 하는 욕심이 있다면,

계속 연습하라. 쉬지 말고.

23

드로잉북을 챙겨 하루 여행을 떠나보자.

새로운 풍경이 가득한 길.

그 길 위에서 만나는 것들을 유심히 관찰하라.

보이는 것, 느껴지는 것,

그곳에서 얻은 정보까지도 함께 그려

여행 드로잉북을 만들어보자.

당신만의 시선과 여행 스타일이 담긴

오늘 하루의 여행 가이드북은 앞으로

당신의 인생에서 소중한 보물이 될지도 모른다.

그렇게 완성된 여행 가이드북을

친구에게 하루쯤 빌려주는 건 어떨까?

나의 여행 기록을 따라 같은 공간,

같은 풍경을 만나더라도

내가 보고 느낀 것과는

전혀 다른 여행을 경험하게 될 것이다.

그렇게 나는 나만의

여행법을 담아내는 여행작가도 될 수 있는 법.

24

어린 시절처럼 '그냥' 그리기

어린 시절을 떠올려보라.
흰 종이만 보면
곧장 색연필과 크레파스를 들고
마구마구 그림을 그릴 수 있었던 시절.
우리 모두에겐 그런 날들이 있었다.
어쩌면 우리는 스스로의 한계를
규정지어버리고, 흰 종이를 두려워하게
된 건 아닐까?
그때 그 시절로 돌아가 용감하게 그림을
그려보자. 잘 그리겠다는 생각만 빼면
우리는 도화지 위에서 얼마든지
자유로워질 수 있다.

25

기차 안의 사람들 그리기

기차 혹은 전철을 타고,
맞은편에 앉은 사람들을 실험 대상으로 삼아
인물 드로잉을 연습하라.
상대방이 알아챌까 두려워할 필요는 없다.
전철에는 생각보다 자는 사람들이 많다.
꽤 협조적인 모델들을
찾아내기 어렵지 않을 것이다.

+

단, 모두가 착석해 있을 한가한 시간과
한가한 노선을 선택할 것!

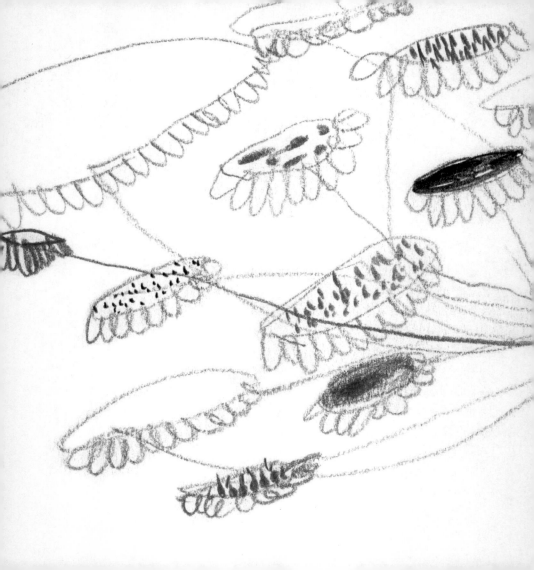

26

자책하지 않고 '오늘'의 그림을 그리기

그림에 소질이 없다고 자책하지 말라.
오늘이 아니더라도 다른 날,
더 좋은 그림을 그릴 수 있다고 생각하자.
일단 오늘은 오늘의 그림을 그려라.

27

필름 카메라로 풍경 담기

디지털 카메라가 아닌 필름 카메라를 가지고
집을 나서자. 골목골목을 걸으며 스케치하라.
사각 프레임 틀 속에 나만의 이야기를 담아
하루를 기록해보자. 디지털 카메라는 분명
편리하고, 우리 삶에 없어서는 안 될 훌륭한
도구다. 하지만 필름 카메라야 말로
하나의 순간을 담기 위해 기다리고,
상상할 줄 아는 '드로잉'을 닮지 않았던가?
필름 카메라를 메고 특별한 의식을 거행하는 양
비장한 각오로 멋진 순간들을 담아보자.
한 장 한 장 소중한 마음으로 셔터를 눌러보는
것이다. 인화하기 전까지 두근두근 설레는
마음을 그냥 한번 즐겨보라.

28

식물 일지 쓰기

마음에 쏙 드는 화분을 하나 사서
눈에 잘 띄는 가장 좋은 곳에 두고 관찰하자.
하루하루 식물의 움직임을 관찰하며
글이 아닌 그림으로 식물 일지를 만들어보자.
어린 시절 방학 숙제처럼.

29

노래를 들으면서 드로잉하기

가장 좋아하는 노래를 크게 틀어놓고,
마음이 움직이는 대로 자유롭게 드로잉하라.
여기에서의 핵심 포인트는
아주아주 강하게 미쳐서 그려내는 것이다.
소리를 막 지르며 실성한 듯
마음이 가는 대로 그려내는 것이 좋겠다.
추상화에 가까운 이 그림은
감정을 표현하고 표출하는 데에
큰 도움이 될 것이다.

+
다만 가족들과 함께 산다면,
아무도 없는 시간을 이용하는 것이 좋겠다.
자칫 가족들이 심각하게 걱정할지도 모르니.

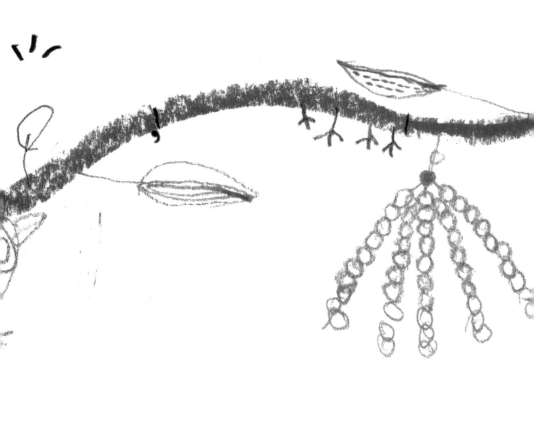

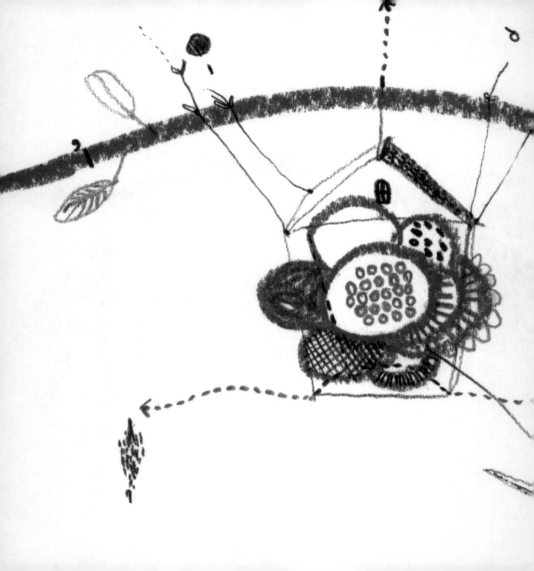

30

모작하되 새롭게 그리기

좋아하는 작가의 그림을 모작해보는 것은
드로잉 실력을 키우는 데 큰 도움이 된다고
한다. 하지만 절대 모방에서 끝나면 안 된다.
습작을 통해 연습하고 반드시 자신만의
스타일로 발전시키는 데
더 큰 시간과 노력을 들여야 한다.

31

다양한 경험을 통해 '내 이야기'가 담긴 드로잉 취향 만들기

다양한 사람들의 이야기를 듣고, 접하고,
느끼자. 여러 가지 분야에서의 경험들을
두려워하지 말고 겪어보자.
드로잉은 어떤 이야기를 품는 존재다.
그러니 드로잉과 상관없는 것처럼 보이는
지금의 시간들이 의미가 없을 것이라는
생각에서 벗어나라.
그리고 앞으로의 새로운 경험을
겁내지 말고 받아들여라.
당신이 마주하는 '지금'이 언젠가
당신도 모르게 그림 속에 녹아
반짝반짝 빛나고 있을 테니까.
중요한 건 기술적인 빼어남이 아니다.
그 안에 담긴 당신만의 이야기다.

32

**다른 사람의 드로잉 인생과
비교하지 않기**

남과 비교하지도 서두르지도 말라.
조금 늦게 시작해서 조금 느리게 간다고
자책하지 말자. 큰 인생길 전체를 본다면,
결코 늦은 것이 아닐 것이다. 시작점이 다를 뿐.
장거리 마라톤을 하는 중이라고 생각하면
몇 년 빨리 간다고, 혹은 몇 년 늦게 간다고
큰일이 일어나지 않을 것임을 느낄 수 있을
것이다. 조급해할 일도 아니다.
당신만의 속도와 스타일로 당신만의
길 위에서 즐겁게 그려라.

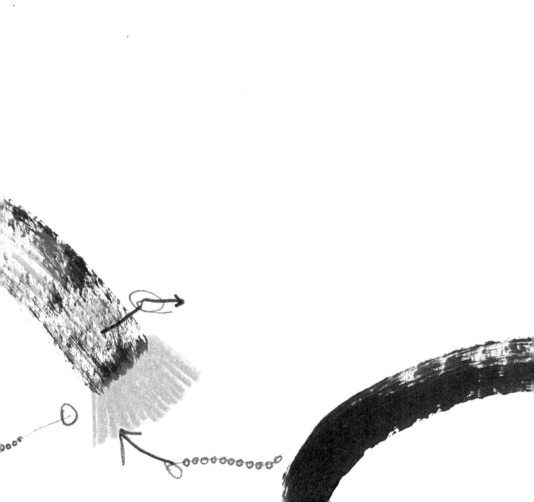

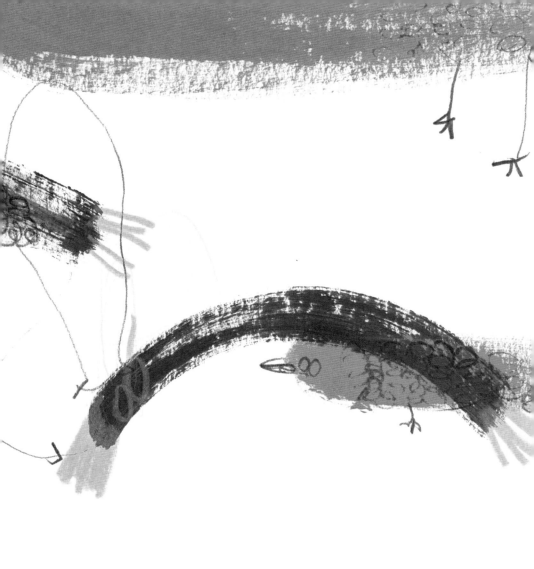

33

어린 시절부터 나는 음악이든 미술이든
몸으로든 어떤 식으로든 '나를 표현하는
사람'이 되면 좋겠다고 막연하게 생각했었다.
그러다 이십대 중반쯤 우연처럼 찾아온 기회가
인연이 되어 꿈에도, 계획에도 없었던
큰 회사에서 회사 생활을 하게 됐다.
이 경험과 경력이 과연 도움이 될까?
시간만 낭비하는 건 아닐까?
내가 가고자 하는 길과 너무 다른 길은 아닐까?
하는 고민을 달고 3년이란 시간을
스스로를 의심하듯 보냈다.
사실, 그 회사에서 내가 해야 했던 일은
나를 표현하는 예술과는
전혀 다른 일이었으니 말이다.

하지만 그 시간들을 지나오며 세상에
헛된 경험은 하나도 없다는 것을 깨달았다.
답답하기만 했던 사회생활. 조직생활.
나와 너무 다른 사람들과의 공동 작업에서의
규칙에 맞춰 나를 다듬었던 시간들이
나를 더 단단하게 만들었다.
내 삶의 이야기에 또다른 색을 입혀주었다.
지금의 힘든 시간들 때문에 고민하는 당신.
하지만 그 경험이 훗날 어떤 식으로든
당신의 드로잉 인생에서 빛이 되어줄 순간이
분명히 올 것이다. 당신만의 이야기가 있는
그림으로 다시 태어날 것이다.
그러니 의심 말고, 그 순간을 즐겨라.
그리고 버텨라.

34

콜라주로 그림 그리기

하고자 하는 이야기를 표현하는 데 있어
기술이 부족해서 답답하다면,
다양한 이미지로 넘쳐나는
잡지들로부터 도움을 받아보자.
자신 있게 그릴 수 있는 것은 그리고,
자신 없는 부분은 가위와 풀을 이용해
오리고 붙이면 된다.
이것이 바로 콜라주 기법이다.
든든하지 않은가?
그러니 제발 '못 그려서 못 한다'는
말은 그만 접어두시길.

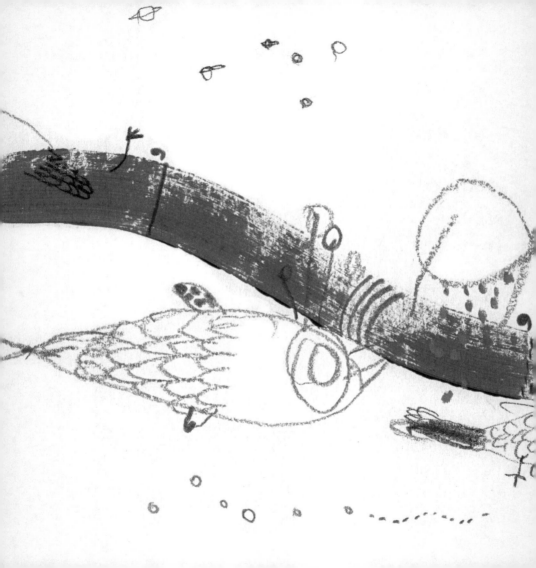

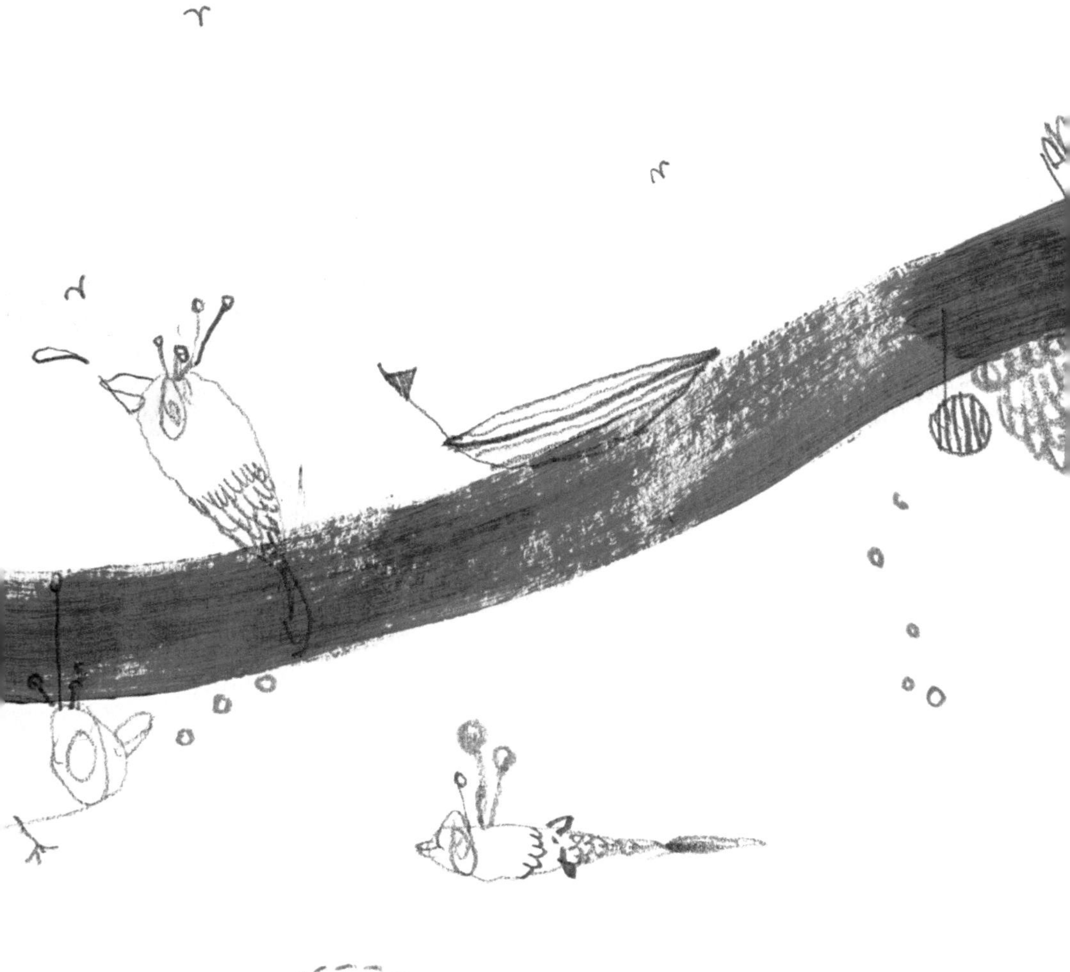

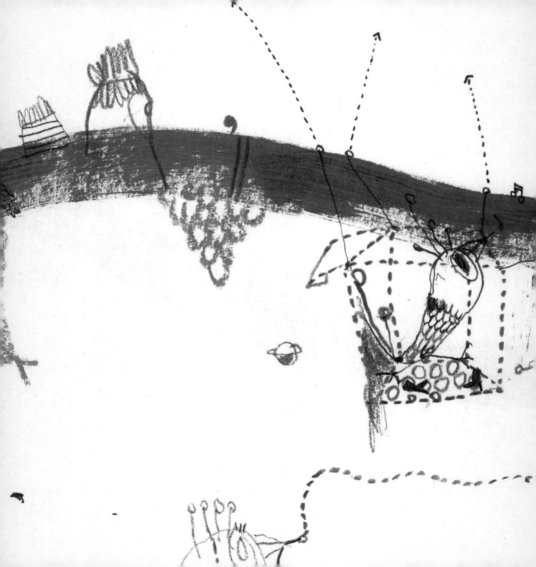

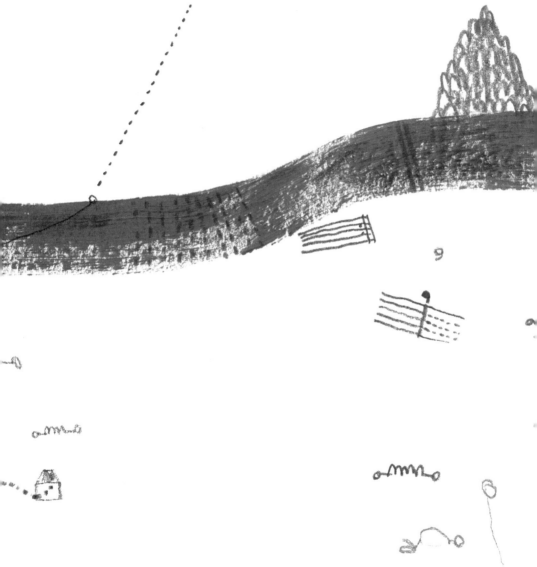

9

35

나만의 그림책 만들기

당신만의 스타일의 글과 그림으로 구성된
10장 내외의 그림책을 만들어보자. 중요한 건
'자신이 하고 싶은 이야기를 알고 있는가?'
그리고 '어떤 이야기를 만들며 살고
싶은가?'이다. 무슨 이야기를 어떻게 이야기할
것인지, 메시지를 분명히 정해놓고 시작해보자.
이야기하려는 메시지를 정했다면
각 페이지에 채우고자 하는 내용들을
구성해보자. 한 문장씩 글을 써 다듬고,
함께 표현되었으면 하는 그림을 정성스럽게
그려내는 것이다. 그 책은 당신을 '발견'하기
위한 책이었으면 좋겠다. 세상에 단 하나밖에
없는 당신만의 이야기가 담긴 책.

+

글이 썩 자신 없다면 글이 없는
그림책도 무방하다.

나만의 '이동 전시' 열기

당신만의 움직이는 개인전을 열어라.
날짜, 시간, 장소를 정해 친구와 약속하라.
그리고 그동안 그린 그림들을 테이블에
올려놓고, 무정형 특별 개인전을
열어보는 것이다. 꼭 갤러리에서만 전시를
고집할 필요는 없다. 소중한 한 명을 위한
움직이는 전시회. 한 명 한 명씩,
가장 가까이에서 그들의 반응과 이야기를
직접 느껴보는 거다.
나에게도 그 친구에게도
아주 흥미로운 개인전이 될 것이다.

오늘의 감정을 색깔로 이야기하기

나는 오늘 회색이야.
나는 오늘 이상하게 불안한 색이야.
전하지 못한 말들을 색으로 표현해보는 것이다.

+

좀더 재미난 놀이를 제안해본다!
줄지어 누워 있는 크레파스들에게
나만의 이름을 붙이는 놀이다.

주황색은 내가 좋아하는 홍시색
빨간색은 응큼한 생각을 할 때 마음의 색
초록색은 내가 좋아하는 숲의 색
노란색은 나뭇잎의 마지막 절규색
파란색은 바다가 아닌 바다색
보라색은 엄마가 좋아하는 포도색…….

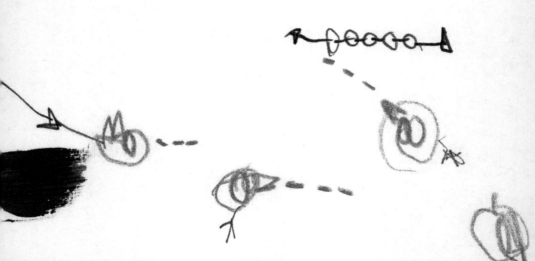

38

자화상 그리기

주름이 어디에 하나 더 늘었는지,
어떤 표정을 지었을 때 가장 빛나고 예쁜지…….
나를 관찰하라. 그리고 변해가는 자신을
종이 위에 그림으로 기록해보자.
변해가는 내 얼굴 드로잉들을 담아
'내 얼굴 드로잉북'을 만들어보는 거다.
일 년에 한 장씩도 좋겠고,
열정이 가득하다면
한 달에 한 장도 좋겠고,
하루에 한 장씩이라면 더 좋겠고.

39

세상에 단 하나뿐인 옷 입기

흰색 티셔츠를 구할 수 있는가?
화방에 가면 패브릭용 크레용이 있다.
흰 셔츠에 그림을 그려
세상에 단 하나뿐인 티셔츠 위에
작품을 만들어보자.
세상에 단 하나뿐인 옷,
그 옷을 입고 길거리를 활보하라.
그리고 그 길 위에서 마음이 당긴다면
춤을 춰도 좋겠다.
이것이 퍼포먼스 아트!

생활을 예술로 승화시키기

구석구석 방을 청소하고,

가구의 배치도 바꿔보고,

새 커튼도 달아보고,

새로운 공간으로 바꿔보라.

이런 행위는 지금까지 줄곧 해왔던,

앞으로 겪어나갈 일상과 아주 밀접한

예술행위이기도 하다.

우리는 이미 일상에서의 예술가로

살아가고 있다.

창조적인 영감이 자꾸 찾아오고 싶도록

쓸고 닦고 가꿔라.

이 공간은 나만의 가장 은밀하고도

재미있는 예술 공간이니까.

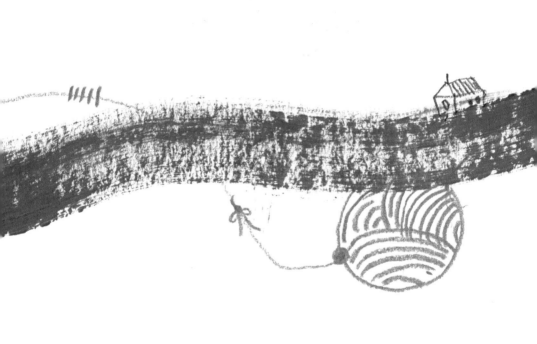

Index

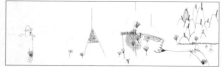

1-13 펜과 노트를 곁에 두고 일상을 보내기

1-14 가까운 사람에게 감동 선물하기

1-15 하늘 위의 구름을 보며 상상하기

1-16 점심시간을 '나홀로 데이트' 시간으로 보내기

1-17 교향곡 끝까지 듣기

1-18 주변 사람들에게 색깔 입히기

1-19 서랍에서 바람 느끼기

1-20 엄마에게 내 얼굴 그려달라고 조르기

1-21 나만의 비밀 장소 만들기

1-22 이별하되 잊지 않기

1-23 내 안의 목소리가 시키는 대로
행동하기

1-24 좋아하는 관심 단어 만들기

1-25 나와의 데이트 시간 만들기

1-26 침묵하기

1-27 새로운 장르를 두려워하지 않기

1-28 좋아하는 동네와 나만의 길을 만들어 걷기

1-29 바다 백사장에 누워 둥둥 떠다니는 구름을 보며 지휘하기

1-30 느린 리듬으로 살기

1-31 쓸모없는 감정들 버리기

1-32 비행기를 타고 무작정 떠나기

1-33 사물과 자연과 친구 되기

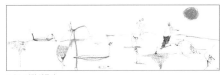

1-34 비밀 만들기

1-35 존경하는 스승 만들기, 그리고 그에게 묻기

1-36 나를 다른 사람과 비교하지 않기

1-37 해 질 무렵 한적한 길을 찾아
그림자를 보며 춤추기

1-38 산책하기

1-39 사랑하기

1-40 무의식의 시간을 마음껏 즐기기

1-41 술 마시기

1-42 글자로 가득한 두꺼운 책 읽기

1-43 한 번도 다니지 않은 길을
걸어보기

1-44 손톱 위의 컬러로 오늘의 기분을
표현하기

1-45 좋아하는 악기를 정해서 기본적인 연주법 배우기

1-46 아침에 잠에서 깨어 3분 동안 창밖을 바라보기

1-47 만질 수 없는 것 만져보기

1-48 앨범 재킷만 보고 느낌을 믿고 구입하기

1-49 한 달에 하루는
촛불만 켜놓고 지내기

1-50 가끔 야한 사진도 보며 살기

1-51 계절과 함께 변해가는 풍경 관찰하기

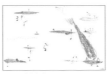

1-52 명상하기

1-53 하루의 리듬을 타기

1-54 편지 쓰기

1-55 짧은 기간이라도 꼭
혼자 살아보기

1-56 정말 가고 싶지 않았던 도시에
한 번쯤은 미친 척하고 찾아가기

1-57 단골다방 단골술집 만들기

1-58 엄마와 대화하기

1-59 나무들이 어떤 이야기를 하고
있는지 숲 속에 들어가 엿듣기

1-60 한 가지에 집중해서 뚫어져라
쳐다보고, 또 쳐다보기

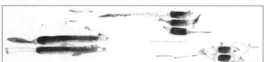

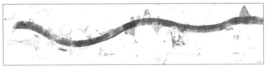

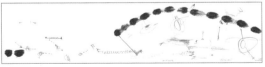

'이 책을 덮고, 드로잉북을 하나 장만하자'라고 마음이 조금이나마 움직였다면, 나도 당신도 일단 반은 성공한 셈이다. 그렇다면 망설이지 말고 당장 동네 문방구로 달려가라. 자신의 맘에 쏙 맞는 크기의 드로잉북 한 권, 연필 한 자루, 그리고 내친김에 12색 둘리 크레파스도 하나 사는 거다.

그리고 집으로 돌아와 책상 앞에 앉아 고요하게 내린 밤의 적막을 느끼며 그동안 내 안의 꼭꼭 닫아 두었던 창조적 분출구를 열어두고, 가만히 손을 움직여보는 거다. 그렇게 내 안의 나를 슬금슬금 드로잉북 위에 하나 둘 끄집어내어 올려놓아보자. 드로잉북 위에서 사색할 수 있는 시간을 가져보는 것이다.

한 장 한 장, 내 삶의 기록과 상상력을 담는 생생한 생활예술놀이를 해보는 거다. 결국엔 그 안의 그림들이 내 안의 나를 치유하는 그림이 될 것임을 깨닫게 될 것이다. 가장 자유롭고도 비밀스런 실험 장소로 드로잉북은 당신의 최고의 든든한 친구가 될 것이 분명하다.

그런 당신, '오늘 하루'라는 친구와 만나 오늘의 이야기를 그리자. 결코 잡을 수 없는 지금 이 순간을 말이다. 정말 해보고 싶은 일인데도 시간이 없다는 핑계로 미루게 된다면 하루를 이틀로 만들어서라도, 그리자. 평소보다 이르게 잠이 들고, 새벽 3시쯤 깨는 거다. 정말 그리고 싶은 오늘의 그림을 한두 시간 정도 그리고 다시 남은 잠을 자면 된다. 모두가 잠든 시간 사이에서 고요하게 숨 쉬며 오직 나만이 이 시간에 살아 있는 듯한 기분으로 비밀 같은 '하루'를 가져보는 거다.

그리고 우리, 오늘도 스스로에게 충실한 언어로 오늘의 감정을 그리자. 종종 까먹기도 하겠지만 말이다.

그리하여 다시, 오늘이란 그림이다. 당신 앞에 놓인 드로잉북 앞에서.

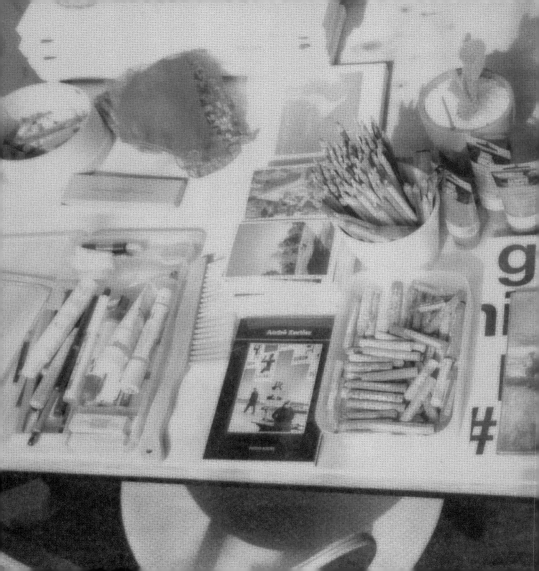

북노마드